KB042599

100조를 향해서 5

초판 1쇄 인쇄일 2015년 5월 28일 ㅣ **초판 1쇄 발행일** 2015년 5월 29일

지은이 라이케 ㅣ **펴낸이** 곽중열 ㅣ **담당편집 팀장** 이범수
편집부 신연제 이윤아 김호성 김은경

펴낸곳 (주) 조은세상 ㅣ 출판등록 제 2002-23호
주소   경기도 연천군 미산면 청정로 1355
TEL 편집부 02)587-2966 ㅣ FAX 02)587-2922
e-mail bukdu@comics21c.co.kr

ⓒ라이케 2015
ISBN 979-11-5832-088-1 ㅣ ISBN 979-11-5512-956-2(set) ㅣ 값 8,000원

100조를 향해서

NEO FUSION FANTASY STORY

라이케 현대판타지 장편소설

5

북두
(주)좋은세상

CONTENTS

100
조를
향해서

100조를 향해서

NEO MODERN FANTASY & ADVENTURE

Part 14-3. 빅뱅의 시작

Part 14-3. 빅뱅의 시작

제프 베조스는 최근 저기압이었다. 갑자기 후발업체인 Book Wire에서 파격적인 할인 혜택을 하면서 프로모션을 하자 기분이 좋을 리가 없었다.

그는 고함을 치면서 애꿏은 직원에게 화풀이를 하고 있었다.

"대체 이놈들 왜 이러는 거야? 얼마 전까지만 해도 사이트도 제대로 관리 못 해서 빌빌 거리던 놈들이었잖아?"

사장의 투덜거림에 직원 중 하나가 나섰다.

"…저희로서도 영문을 모르겠습니다. 단지 어디에서 투자를 받은 것으로 짐작 될 뿐입니다."

"투자를 받은 안 받든 간에 할인율 65%가 말이 되냐고.

안 그래? 그것도 소비자 눈속임이 아니라 정말로 대부분 책이 50%-70%까지 정가 할인이 되던데 이게 어떻게 가능한 일이야?"

"적자를 보지 않으면 불가능할 겁니다."

"적자? 적자도 한두 푼이 아닐 걸? 출판사에서 책 사입하는 단가야 뻔한 것이고. 이러면 우리 같이 죽자는 이야기밖에 더 되겠어?"

"그렇잖아도 보고를 드리려 했는데…."

"말해봐."

"지난 달과 비교할 때 저희 사이트 방문자 유입 숫자가 마이너스 27%로 줄어들었습니다. 거기다 월말이 아니라 주별로 데이터를 분석해보면 더 심각한 수준입니다."

"실제 매출은?"

"매출도 비슷합니다. 인터넷을 사용하는 유저층은 아직까지 20-30대 젊은 층이 대부분인데 이들의 특징은 충성도가 높지 않고 이슈가 되는 곳으로 쉽게 휩쓸리는 경향이 있습니다."

웹사이트의 데이터 베이스를 담당하는 직원은 도표를 가져와서 막대봉으로 숫자를 짚어가면서 설명했다.

제프는 팔을 가지런히 세워서 턱을 괸 채로 입을 열지 않았다. 그러다 1-2분이 지난 후, 다시 나지막한 어조로 영업 담당 임원을 향해 질문했다.

"회사에 어떤 문제가 있는 지 말하는 것은 좋아요. 커뮤니케이션이란 매우 중요하죠. 하지만 이렇게 문제점만 던져놓고, 정작 해결책을 제시하지 않으면 무슨 소용 있겠소? 자, 이제 당신들 해결책을 들어 봅시다."

"현실적으로 만만치 않은 것은 사실입니다."

"위기 상황일 테지."

"솔직히 지금 이 상황에서 방법은 두 가지뿐이라 생각합니다. 하나는 Book Wire에서 하는 것처럼 똑같이 맞불작전을 놓는 것입니다. 이럴 경우 자금력이 강한 쪽이 이기게 됩니다."

제프는 비웃듯이 눈꼬리를 야비하게 치켜 올렸다.

"그래서? 서로 치킨 게임을 하자?"

"쉽지는 않겠지만 상대방이 신생 기업임을 감안하면 아무래도 저희 아마존이 이길 가능성이 높습니다."

"피해는 생각해봤어?"

"금전적인 손실로 이어지겠지만 그 대신 이 업계에서 우리에게 덤비면 어떤 결과를 낳는 지 좋은 선례로 작용하지 않을까요?"

"좋아. 맥쿼리. 그럼 두 번째는?"

"폭풍우가 휘몰아칠 때 우산을 쓰거나 피하는 것처럼 저희는 저희 전략대로 나가는 것입니다. 그들도 자금이 무한정이지 않은 이상에는 지쳐 떨어질 때가 있을 테니까요."

"휴우. 둘 다 그다지 좋아 보이지 않는군."

"……."

"그래도 선택은 해야겠지? 첫 번째 안으로 하자고. Book wire가 GM이나 보잉도 아닌데 겁먹을 필요가 뭐 있겠어? 안 그래? 얼마를 손해 봐도 한 쪽이 죽을 때까지 책의 할인폭을 대폭 더 늘리는 방향으로 아이디어를 짜 봐."

"네."

"인터넷 전자서점 시장은 이제 막 열리는 시장이야. 이 번에 야후 나스닥에 상장된 것 봤지? IT시대에 탈락한 낙 오자는 다시는 영광을 누리지 못하지. 자, 전쟁이야. 열심 히 해보자고."

제프 베조스는 주먹을 꽉 쥔 채 직원을 향해 필사의 결 의를 다지기 시작했다.

✻

E.F센터 내의 카페테리아는 어학 연수를 온 각국의 학 생들로 북적거리는 편이었다. 현수와 아영은 수업을 마친 후, 커피와 스낵을 테이블 위에 놓고 대화에 한창이었다.

그 날 이후로 부쩍 친해진 그 둘은 공교롭게도 함께 수 업을 듣는 부분도 많아서 자연스럽게 데이트 아닌 데이트로 정신이 없는 편이다.

아영은 흥미진진한 눈빛으로 현수를 향해 말했다.

"러시아요? 왜 뜬금없이?"

"아, 사업 때문에…."

"그래요? 사업? 우와 대단하다. 선배? 무슨 사업을 그렇게 글로벌하게 하냐?"

"글로벌은 무슨! 그냥 누가 좀 오라고 해서 가야 돼."

"근데 거기 아영이도 같이 가면 안 될까? 선배?"

"왜 가고 싶어?"

"응. 러시아는 처음이라서."

현수는 짐짓 어깨를 으쓱하면서 농담식으로 호탕하게 웃었다.

"무슨 여자애가 만난 지 며칠 되지도 않는 남자한테 이렇게 들이대냐? 내가 그렇게 멋져?"

"푸하! 멋지데! 흐흐. 그 정도는 아닌 거 알지?"

"그런가? 쩝."

아영은 도발적인 포즈로 의자에 기댄 채 별 생각 없이 현수의 얼굴을 마주 보았다.

비교적 짧은 머리칼과 금테 안경, 가디건에 청바지 차림은 전체적으로 평범한 스타일이었다. 하지만 전체적으로 옷을 잘 입는 편인데다 독특한 스킨 냄새 때문에 깔끔하다는 느낌을 준다.

또한 늘 차분하면서도 지적인 스타일이었다. 아영은 적지 않은 남자를 접해 보았다.

하지만 이 정도로 세련된 느낌의 남자는 정말 오랜만이었다. 그 흔한 남자들의 허세도, 수컷 특유의 찌든 냄새도 없다.

그런 탓일까.

그의 옆에 있으면 괜히 마음이 푸근해질 뿐이다. 뭐라고 할까. 연구를 하면 할수록 묘한 스타일이다. 근데 이 선배 정체가 뭐지?

지난 번에는 2박3일로 뜬금없이 L.A로 비행기를 가더니 이번에는 러시아?

아영은 빨대에 꽂혀진 망고 쥬스를 쭉쭉 빨아 마시면서 계속 졸라댔다.

"아앙. 아앙. 선배!"

"자꾸 왜 이래?"

"왜 이러기는 나 한 번도 러시아 안 가봤단 말이야."

"아영이 너? 수업은?"

"선배도 빠질 거잖아. 일주일 정도 빠져도 여기 뭐라고 할 사람 아무도 없어. 나도 데려가 줘."

"놀러가는 것 아닌데 정말 괜찮겠어?"

"응. 그냥 난 옆에서 조용히 지켜만 볼게. 약속!"

"어휴. 이 말썽꾸러기 고양이! 좋아!"

"오케이!"

"그 대신 거기 가서 칭얼대면 국물도 없을 줄 알아."

"네! 선배!"

현수는 어이없는 표정으로 아영을 힐끗 째려보다가 결국 승낙하고야 만다. 어차피 중요한 비밀이 있는 것도 아니다. 여자와 여행이라니. 맹랑한 여자애였다.

얼마 후, 이민혁과 심종수, 그리고 아영의 친구인 초롱이가 이 둘을 보더니 다가와 앉았다.

민혁은 여전히 마음에 안 든다는 듯 퉁명스럽게 현수를 대하면서 말했다.

"우와. 이젠 완전히 대놓고 데이트를 하시겠다?"

"민혁 오빠? 동생 연애하는 데 자꾸 방해할 거야?"

"뭐? 연애? 어디 남자가 없어서 저딴 놈하고!"

"자꾸 헛소리할래? 오빠 계속 그러면 오빠네 엄마한테 이를 거야."

"일러라. 일러! 이젠 아주 협박을 하네. 싸가지 하고는!"

둘이 티격태격할 때 현수는 인상을 살짝 쓰면서 둔탁한 음성으로 민혁을 보았다.

"이봐. 말조심하지 그래?"

"무슨 말조심?"

"아까 뭐라고 했어? 저딴 놈? 너 자꾸 까불면 혼난다."

"웃기셔. 꼴에 존심은 있어서…."

"이것 참. 이런 덜 떨어진 놈과 굳이 자리를 함께 해야 하는 건지. 쯧."

"그만해! 민혁아!"

"그래. 지금 뭐하는 거야? 어서 사과해."

장내 분위기는 순간적으로 금방이라도 주먹 싸움이 날 것처럼 서늘하게 변했다.

민혁은 순간 짜증이 확 솟구쳤다. 비록 민혁과 현수가 어느 정도 친분을 쌓았다 해도, 엄연히 그는 대한민국 최고 특권층에 속한 인물이었다.

그는 지금까지 원하는 것은 다 할 수 있었다.

누구나 그를 만나면 정중하게 행동한다. 그가 타인의 기분을 신경 쓸 이유 따위는 그 어디에도 없었다. 그러니 타인의 입장을 배려하는 것에 비교적 서툴 수밖에.

오만하다? 도도하다? 이런 것들은 어쩌면 상대적인 관점에 불과할 것이다. 겸손, 이해, 포용, 인내.

이런 몇 가지 유약한 단어는 약자의 것에 불과했다.

하지만 현수는 싸가지 없는 민혁의 행동에 브레이크를 걸었다. 손뼉이 마주치면 필연적으로 소리가 나는 법이다.

일촉즉발의 그 순간 아영이 만류했고, 뒤이어 보다 못한 그의 친구 종수도 나서야 했다.

종수는 결국 화를 버럭 터트리면서 참았다.

"야 너! 조심해! 두고 보겠어."

"뭘? 두고 봐? 내가 너 따위한테 그딴 말 들을 위치라 생각하는 거야? 정말 어리군. 어려."

"뭣?"

"후후. 됐어. 그만하자."

"뭘 그만해?"

"이런 기싸움 마음에 안 들어. 정 그러면 한판 뜨던가? 진짜로 붙어 볼래?"

"에휴! 내 주먹 한방이면 넌 죽어. 깽값 물어주기 싫어서 봐준다."

"그러든가."

현수의 얼굴에는 분노나 흥분의 기색은 전혀 찾아보기 어려웠다. 그는 그저 나이차이가 많이 나는 큰형이 막내를 보듯이 소리 없이 미소를 보이면서 시큰둥할 뿐이다.

"아무튼 괜히 센 척 그만해라. 어디 가서 총 맞아 죽으면 그것도 안타깝잖아? 안 그래? 아영아 나 먼저 갈게."

"저게! 끝까지 지랄이네."

"선배! 같이 가요! 네?"

"야! 주아영!"

"왜?"

"너? 오빠 두고 먼저 갈 거야?"

"메롱! 난 앞으로 현수 선배한테 붙을 거야. 흐흐."

"야! 야! 이 배신자 같으니!"

지게차는 하늘 높이 쌓여진 MDF와 PB합성 목재를 실어 나르며 쉴 틈 없이 옆의 작업장으로 옮기고 있었다. 그 안에는 희뿌연 톱밥 가루와 함께 수많은 목공 기계가 굉음을 내면서 돌아가는 중이다.

　　랩핑 기계는 끊임없이 밀려오는 PVC데코 필름과 가공된 MDF의 곡면을 이어 붙였고, 다른 한 편에서는 멤브레인 프레스 기계가 강한 열로 판을 찍듯이 입체적인 질감을 만들어내고 있었다.

　　그 사이로 여러 명의 현장 직원들이 모듈로 만들어져 나온 가공 목재를 볼트와 너트를 박으며 조립에 여념이 없었다.

　　이 때 정재형은 현장에 오더니 누군가를 향해 불만스러운 표정으로 목청을 높였다.

　　"이봐! 이씨? 자재 하나가 돈이라는 것 몰라? 거! 운반할 때 조심해서 하라고."

　　"아, 사장님?"

　　"쯧. 요즘같이 경기가 어려울 때는 작은 것 하나라도 아껴야지 안 그래?"

　　"네. 그럼요. 제가 실수했네요."

　　그가 발을 디디고 있는 이곳은 경기도 남양주 마석 공단에 자리 잡은 목재 가공 공장이었다.

근 3천여평에 달하는 회사의 마당에는 20톤 트럭이 들어와 신발장, 수납장, 작은 책장 따위를 싣고 있었다.

(주)예음산업.

직원수 85명, 연 매출 120억에 적지 않은 규모의 회사는 주말도 모르고 돌아가고 있었다.

목재 가공 계통은 한창 수출 집약 국가로 대한민국이 고도 성장을 할 때만 해도 그 수혜를 가장 많이 받았던 업종 중 하나다. 하지만 그도 잠시 뿐, 90년대 들어서면서 점점 사양 산업으로 밀려나기 시작했다.

정재형은 담배를 태우면서 멍하니 허공을 응시했다.

'그 때 그렇게 했어야 했을까?'

대학을 졸업하고 지금까지 걸어온 외길이다.

1년 365일을 목재와 씨름하면서 제대로 된 휴가조차 없이 살아왔다. 경기가 한창 좋았을 때 다른 사장들은 공장해서 번 돈으로 부동산 투기 열풍에 동참해서 앉은 자리에서 떼돈을 버는 것을 지켜 본 산 증인이다.

허나 다소 고지식한 면이 있던 재형은 이익이 나면 나는 대로 기계나 장비를 구입하면서 공장 시설을 보강하는 데 힘을 썼을 뿐이다.

이런 저런 생각을 하고 있을 때 영업담당인 최부장이 모습을 드러냈고, 궁금한 것이 있었던 탓에 즉시 그를 불렀다.

"어떻게 됐어? 수금은?"

최부장은 어두운 기색으로 고개를 흔들었다.

"…좀 더 기다리라고만 하네요."

"기다리기는 뭘 기다려? 벌써 몇 개월째인데?"

"저도 설마 롯데 건설에서 이럴 줄은 생각 못했습니다."

"자네는 앞으로 회사 출근하지 않아도 되니까 하루 종일 롯데에 달라붙어서 무조건 수금해 와. 지금 회사 자금 사정이 말이 아니야."

"그, 그게…."

"왜?"

"아무래도 느낌이 안 좋습니다. 아무래도 배째라는 느낌이 강합니다. 저보다는 사장님이 직접 가셔서 단판을 짓는 게 낫지 않을까요?"

정재형은 답답한 듯 고민하다가 말했다.

"좋아. 그 쪽 담당자에게 연락해봐. 내일 간다고! 아니지. 그냥 오늘 방문해야겠어. 어음이 당장 줄줄이 사탕으로 돌아오는 데 이거야 원! 차 준비 하게."

"네."

※

사건의 발단은 예음 산업이 서초동 1,300가구 규모의 롯데 건설이 주관하는 공사 현장에 내부 장식재 납품업체로 선정되면서부터 붉어지기 시작했다.

매출의 다변화를 노리던 예음 산업은 아파트 특판 현장에 영업을 뛰었고 치열한 경쟁을 뚫고 도어, 아트월, 붙박이장, 신발장까지 일괄 시공을 하기로 약속했다. 모처럼만에 큰 건수라서 마진은 박했지만 정재형 사장은 밤낮이고 직원을 독촉해서 납기를 준수했다. 그렇게 계약서에 쓰여진대로 성심성의껏 일을 끝내주게 된다.

허나 그 후, 3개월이 지났지만 물품 대금으로 받아야 되는 46억이 아직까지 입금이 되지 않았다.

당연히 예음 산업 같이 작은 회사의 현금 유동성은 최악의 상황을 맞이할 수밖에 없었다.

몇 억이면 몰라도 액수가 너무 컸다.

그 때문에 어음에 은행 대출은 물론이고 각 매입처에 줘야 할 외상 미수금이 눈덩이처럼 불어나는 형국이다.

정사장과 최부장은 롯데 건설의 구매과에 도착했다. 하지만 정작 담당자를 만나기는커녕 가장 먼저 듣게 된 소리는 말단 여직원의 싸늘한 대답뿐이다.

"죄송합니다. 담당자인 민 과장님은 외근 중입니다."

"연락도 없이 불쑥 찾아 온 우리가 잘못이겠지. 그런데 언제쯤 들어오십니까?"

"글쎄요. 그건 저희도 잘…."

정재형은 입술을 질끈 깨물고 다시 되물었다.

"그러면 민과장 위에 구매팀의 차장이나 부장되시는 분과 대화를 할 수 있을까요?"

여직원은 주위의 눈치를 보더니 대답했다.

"저희 팀장님은 내부 규정상 협력업체 분들과 미팅을 하지 않습니다."

정사장은 불쾌한 듯 눈썹을 찡그렸다.

문전박대인가? 건설쪽 일이 더럽다는 소리는 들었지만 이 정도로 심할지는 몰랐던 것이다.

그렇다 해도 이대로 물러설 수 없었다.

이번 건으로 회사의 자금 사정은 크게 꼬였던 탓이다. 설령 롯데 건설과 낯을 붉히는 한이 있더라도 어떤 일이 있어도 돈을 받아야 했다.

지금까지는 그래도 업계의 평판 때문에 강력하게 독촉하지 않았지만 더 이상은 참기 힘들었다.

"아니! 대체 이런 법이 어디 있소? 엄연히 그 쪽에 공사를 해주고 돈 받으러 온 사람을 이렇게 푸대접해도 되는 거요?"

"죄송합니다. 그건 그쪽 사정입니다."

"뭐 그렇다면 민과장 올 때까지 기다릴 수밖에."

"후후, 마음대로 하세요."

여직원은 비웃는 눈초리로 고개를 돌려서 자기 할 일만

했고 정사장과 최부장은 구석에 비치된 작은 철제 의자에 앉아 1시간 이상을 기다려야 했다. 그러다 담당인 민과장이 들어오자 최부장이 아는 척을 했다.

"민과장님!"

"아니? 또 왔어?"

"이쪽은 저희 사장님입니다."

"아?"

"……."

정사장은 살짝 고개만 끄덕이더니 투박한 어조로 대뜸 쏘아붙였다.

"예음산업 사장이요. 인사는 거두절미하고 대체 우리 돈 46억은 언제 줄 겁니까? 아니면 어음이라도 주세요. 당장 회사가 죽습니다."

"거 참. 매너 없는 사람이네? 자꾸 진드기처럼 그럴거요? 공사를 그따위로 해놓고 무슨 돈을 달라고 해?"

"아니. 뭐가 문제인데요?"

"지금도 문틀이나 붙박이장이 사이즈가 안 맞아서 입주자들한테 항의가 얼마나 들어오는지 알고 있습니까?"

"그 문제는 저번에 우리가 시공팀을 보내서 실측하지 않았습니까? 고작 1-2cm 오차난 것 가지고 불량이라고 하면 어찌 합니까?"

100조를 향해서

NEO MODERN FANTASY & ADVENTURE

Part 14-4. 빅뱅의 시작

Part 14-4. 빅뱅의 시작

　허나 민과장은 처음부터 팔짱을 낀 채 마치 부하직원을
대하듯이 언성을 높였다.
　"어디 그 뿐입니까? 최초 샘플본의 칼라하고 시공제품
의 칼라가 다른 것은 또 어떻게 할 겁니까?"
　정사장은 기가 막힌 표정으로 억울한 듯이 하소연했다.
　"그거야 가구는 전자 제품처럼 딱 들어맞을 수 없다는
것쯤은 구매팀에 계시면 다 아실 것 아닙니까?"
　"그건 그 쪽 사정이고….".
　"더 들어 보세요. 어차피 가구의 칼라도 공장에서 인쇄
할 때 INK로 배합한 것이라 온도나 장소에 따라 약간씩
변색이 됩니다. 이 정도 오차도 이해를 안 해주면 대체 저

희는 죽으라는 소리입니까?"

"사장님!"

"말씀하세요!"

"지금 우리와 기싸움하자는 겁니까? 이유야 어쨌든 그것은 그쪽 사정이고 아무튼 법대로 합시다."

"무슨 법이요? 우리가 뭘 잘못했다고 이럽니까?"

"여기 계약서 8조 2항을 보면 시공제품의 규격에 하자가 발생할 경우 모든 책임은 납품업체가 진다고 되어 있고 거기에 날인한 것 안 보입니까?"

"하지만 어떻게 이 정도를 가지고 하자라고 단정 짓나요?"

민과장은 비웃듯이 혀를 찼다. 카랑카랑한 중저음의 말투는 굉장히 불쾌하게 들려왔다.

"아무리 난리쳐도 46억 은 어떤 일이 있어도 못 줍니다. 공사를 그따위로 망쳐놓고는 돈 달라고 하면 나뿐만 아니라 내 위에 팀장님까지 줄줄이 시말서 써야 합니다."

"그게 대체 뭔 소리입니까?"

"더 들어 보세요."

"뭘 더 듣습니까? 이런 양아치 같은 짓이 세상 천지에 어디 있습니까?"

"양아치라니? 말 함부로 하지 마세요. 좋아요. 이렇게 하면 사장님도 당장 어려울테니 만약 합의를 하는 조건이면 12억을 내드리죠. 어때요?"

정사장은 억울한 표정으로 탁하게 한숨을 내뱉었다.

"12억이라니! 현금이 안 되면 어음으로 46억 끊어주면 안 되겠소?"

"거 참! 답답하시네. 더러우면 소송 거세요. 우리도 그쪽 제품 하자로 손해배상으로 걸텐데 이럴 경우 아무리 못해도 최하 3년 이상 걸린다는 것쯤은 아시죠? 그러니 천천히 생각해보세요. 둘 중 어느 방법이 나은 지… "

"진짜!"

정재형은 눈이 뒤집어지기 시작했다. 억울했다. 아니, 너무 원통했다.

이것이 말로만 듣던 대기업의 갑질이라고 생각하니 피가 거꾸로 솟는 기분이었다.

"하늘이 시퍼렇게 눈을 뜨고 있는 데 어찌 이럴 수 있습니까? 그 돈 안 주면 당장 우리 공장 망한다고. 돈 줘! 돈 달라고! 이 개자식아!"

"이것들 깡패야? 뭐야? 야! 이 대리? 밑에 연락해서 경비원 불러서 저것들 쫓아내!"

✳

러시아의 수도 모스크바는 봄의 여신이 찾아왔으나, 여

전히 매서운 날씨를 자랑하며 코트깃을 여미게 했다. 크레믈린 궁전의 붉은 광장에 있는 상트 바실리 대성당 Saint Basil' s Basilica은 우아하면서 절제미가 돋보였다.

중세 시대 건축물과 탁한 날씨, 그리고 은행나무가 한데 어우러진 풍경은 뭐라고 할까 지적이면서 음습한 기분을 준다.

아영은 두꺼운 목도리로 얼굴을 칭칭 감싼 채 이리저리 관광에 여념이 없었다.

"생각보다 러시아도 괜찮네."

"왜? 후후, 무서울 줄 알았어?"

"응. 공산주의 국가라서 좀 그랬어. 붉은 제복에 권총 차고 딱딱한 말투로 뭐 그런 느낌 있잖아?"

"영화를 많이 봤나 보네. 어쨌든 여기도 저녁에 해 지면 현지인들도 외출은 잘 안 한다고 하더라. 위험하다고."

"하긴!"

"이제 막 개방이 되니까 기존의 권력을 가졌던 이들의 입장에선 혼란이 생기지. 대표적인 예가 군부나 KGB같은 쪽인데 그래서 무기도 불법으로 마피아에 많이 팔아 먹고 돈만 주면 청부 살인도 밥 먹듯이 하는 나라야."

"괜히 그 소리 들으니까 소름 돋잖아?"

현수는 발끝으로 얼어붙은 빙판을 툭툭치면서 힐끗 아영을 바라 보았다.

"아, 물론 일반인들 생활은 어디나 비슷해."

"여기는 하도 땅이 넓어서 자기네 나라 국민들도 다 못 돌아보겠네."

"근데 못 쓰는 땅이 워낙 많아서…."

그렇게 아영과 비는 시간을 톨스토이 기념관과 구세주 예수 성당, 표트르대제 석상을 둘러보면서 한가롭게 거닐었다.

그리고 다음 날, 아영에게 사정을 설명하고, 호텔에 놔둔 채 그는 푸틴의 정식 초청으로 대통령 궁으로 들어갈 수 있었다.

✳

대통령 궁은 거대했고 웅장했다.

얼마나 오랜 세월동안 이 궁에서 암투가 벌어지고 음모가 판을 쳤을까. 러시아의 역사가 한 눈에 들어오는 대통령 궁의 정원을 거닐면서 푸틴의 집무실에 들어섰다. 푸틴은 어깨를 쫙 편 채 당당한 태도로 악수를 나누며 환영했다. 한국에서 온 이 젊은 친구에게 스스럼없이 친근감을 표시하는 모습이 꽤 독특해 보일 뿐이다.

"오랜만이군. 정 회장!"

"별 말씀을요. 대통령궁 영전을 축하드립니다."

비록 말은 통하지 않았지만 푸틴은 간만에 활짝 웃고 있었다.

"어때? 모스크바는? 괜찮나?"

"어제 여자친구와 둘러봤는데 건축물들이 아름답더군요."

"러시아가 역사는 오래된 국가는 아니지만 나름 고전적인 멋이 있는 곳이야. 세계적인 관광지 말고, 유명하지 않은 곳으로 내 다음에 자네에게 소개시켜 주도록 하지."

"그런데 날씨가 너무 춥더군요."

"춥다고?"

"후후, 저에게 만약 러시아에 거주하라고 한다면 저는 도저히 못 살 것 같네요."

"그런가? 추위도 익숙해지면 다 괜찮아지는 법이야. 젊었을 때는 나도 산속에서 얼음물을 깨고 수영도 했지만 이제는 힘들어. 늙어서… 뭐, 괜히 미국 놈들이 북극곰이라 그럴까?"

"영리한 북극곰이겠죠."

"농담도 참… 어쨌든 이제 와서 하는 소리지만 그 때의 그 도움이 내게는 많은 힘이 되었었네. 우리 와이프도 고맙게 생각하고."

"아닙니다. 아직 멀었어요. 옐친 대통령의 그 자리는 몇 년 후에는 바로 당신의 자리가 될 겁니다. 고작 이 정도로 만족한다면 되겠습니까?"

푸틴은 어이없다는 표정으로 투덜거렸다.

"쯧, 그 뻔뻔함은 여전하군. 하지만 어디 밖에서 그런 소리는 하지 말게. 잘못하면 큰 화를 입을 수도 있으니. 그보다 본론으로 들어가세."

"그러죠. 기다리던 바입니다."

"옐친 대통령이 나를 잘 봐서 이 자리까지 끌어 올린 것은 잘 알거야. 알다시피 대통령께서는 개방주의적인 성향을 지니신 분이지. 거기다 보리스 옐친 대통령 뒤에서 대통령이 되기 위해 선거자금을 후원하던 미하일 호도르코프스키라는 놈이 있어. …이번에 옐친 대통령과 독대를 통해서 국영 석유 회사인 유코스를 헐값에 손에 넣으려고 작업 중이네."

현수는 차분한 어조로 푸틴의 설명을 경청하면서 고개를 끄덕였다.

"…그렇군요."

"하지만 여기서 뜻밖의 변수가 생겼어. 바로 대통령의 최측근이자 국정을 책임지는 2인자인 니콜라이 쿠즈네포 총리가 이 소식을 듣자 크게 반발을 하더군."

"이유가 뭐죠? 갑자기 왜?"

"일종의 헤게모니 싸움이야. 거기다 그 둘은 예전부터 사이가 별로 안 좋았거든."

현수는 이제야 대충 앞 뒤 상황이 짐작된다는 듯 부드럽게 미소를 지었다.

이제야 퍼즐의 앞뒤가 맞추어지듯이 딱딱 들어맞기 시작한 것이다.

어째서 그를 불렀고 현재 상황이 어떤지.

"그러다 유코스 매각 건이 푸틴 실장님께 떨어졌다는 건가요? 그래서 실장님은 세력이 이 둘 보다 약한 관계로 눈치를 봐야하는 것이고?"

"…생각 외로 예리한 눈을 가졌군. 뭐 내가 눈치를 보는 것은 아니지만, 아무튼 비슷한 상황이네. 그래서 어제 총리를 직접 만나봤는데 니콜라이 이야기로는 자신은 유코스에 관여할 뜻이 없다고 분명히 하더군."

"……."

"단지 옐친 대통령에게 선거자금 몇 푼 지원했다는 이유만으로 이것 저것 관여하는 미하일 호도르코프스키를 물 먹여달라고만 했어."

"미하일 호도르코프스키는 뭐하는 사람이죠?"

"메나테프 은행의 실질적인 소유자라네."

"음, 그럼 실장님의 뜻은 정확히 뭡니까?"

푸틴은 팔짱을 낀 채 잠시 고민하는가 싶더니 나지막한 어조로 되물었다.

"좋아. 직선적으로 말하지. 만약 자네에게 유코스를 넘겨주면 과연 차네는 우리에게 무엇을 줄 수 있겠나?"

"글쎄요. 그보다는 차라리 그 쪽에서 원하는 것을 말해 주시면 더 빠르지 않을까요?"

"영리하군. 역으로 묻는다? 좋아."

"1억달러를 만들어 주게. 그 대가로 유코스는 자네에게 넘겨주지."

현수는 언성을 다소 높이면서 동공을 크게 확장시켰다.

"현금 1억달러입니까?"

"그렇네."

"적지 않은 금액이군요. "

"그러니 자네를 부른 것일세. 이 정도 건은 러시아에서도 웬만한 재력이 아니면 힘들거든."

"…그런데 자신은 있습니까?"

"솔직히 아직은 모르겠네. 그 쪽 세력도 만만치 않아서."

"유코스는 어느 정도 선에서 매각할 계획입니까?"

드디어 가장 하고 싶은 말이 입에서 뱉어졌다. 가장 중요한 질문이기도 했다. 아무리 사과를 잘 깎아도 정작 먹을 사람이 없으면 소용이 없는 것처럼 가격이 메리트가 없다면 지금까지 협상은 의미가 없었다.

유코스의 매각 가격에 따라서 상황은 유동적으로 변하기 때문이다.

푸틴은 그의 속내를 짐작한다는 듯 말했다.

"현재 메나테프 은행측에서 요구하는 가격은 3억달러 선이네. 하지만 외부의 시선 때문에 3억달러에 매각은 불허한다는 것이 우리 내부의 방침이야."

"자산 가치는 어느 정도로 추정합니까?"

"부채가 많기는 해도 100억 달러는 넘지 않을까? 매년 순이익만 18억달러가 나오는 회사인데? 석유 정제업은 알다시피 거대한 자금이 필요한 장치 산업이지. 자산 가치도 상당할 거야. 물론 나는 전문가가 아니라 잘 모르지만…."

"엄청나군요."

"엄청나지."

"그런데 그것을 고작 3억달러에 먹어치우겠다니. 모두들 대단한 배짱이네요."

현수는 놀란 표정으로 혀를 찰 수밖에 없었다.

"그러기 때문에 경제보다 정치가 항상 앞에 놓이는 것이네. 제아무리 돈이 많아도 권력자의 눈에 나면 그 자리에서 목이 잘리거든. 이렇게…."

푸틴은 가볍게 손가락 끝을 칼처럼 모아서 자신의 목을 치는 시늉을 하면서 냉랭한 어조로 경고를 던졌다. 현수는 재차 질문했다.

"3억불이 아니면 그 쪽에서 생각하는 매각 금액은 어느 정도로 예상하십니까?"

"4-6억 불은 되어야 그래도 구색이 맞지 않을까?"

"뭐, 도찐개찐이군요."

"그게 무슨 뜻이야?"

"하하. 아닙니다. 그냥 한국 속담입니다."

현수는 털털한 표정으로 웃으면서도 겉으로는 이 거래가 그리 만만치 않다는 것을 깨달아야 했다.

1억 달러의 정치자금을 만드는 것은 생각처럼 쉬운 문제가 아니다. 더구나 이번 건은 덩치가 너무 컸다.

어떻게 우여곡절 끝에 유코스가 그의 손에 떨어진다 해도 미하일이라는 적대 세력을 만든다는 것에 그리 내키지 않았다.

그리고 경영은 어떻게 할까?

차라리 한국이나 미국이라면 상관이 없을 것이다. 하지만 이곳은 오지의 땅, 러시아다. 설령 전문 경영인과 임원 몇 명을 이곳에 심어 넣는다 해도 그의 뜻대로 끌려갈지도 의문일 것이다.

분명히 눈앞에 놓인 호두 파이는 달콤하고 군침이 절로 도는 훌륭한 요리사가 만든 것이다. 하지만 이 호두 파이는 여러 가지 이유로 혼자 먹으면 복통에 설사를 일으키기 십상으로 보였다. 두통이 또 다시 찾아오고 있었다.

타이레놀로도 잘 듣지 않는….

며칠 후, 푸틴은 일부러 현수를 위해서 고급 중국 음식점을 수배했다. 고대 당나라 시대의 생활 양식을 그대로 재현한 거대한 성처럼 생긴 단화(端華)라는 음식점은 과거 덩샤오핑이 러시아를 방문했던 곳으로도 유명했다.

　　아영은 현수가 옐친 대통령의 행정실장과 스스럼없이 만나서 식사를 하는 모습을 보더니 약간 의혹을 느꼈지만, 이내 지워버렸다. 보통 일반 여성이라면 이런 외적인 조건에 혹할지 모르리라.

　　하지만 아영의 집안은 대대로 고위 공직자가 많은 잘나가는 집안인데다 원체 이런 쪽에는 관심이 없었다. 단지 현수에 대한 인상이 부유한 집에서 꽤 잘나가는 집으로 이미지만 변화될 따름이다. 푸틴은 아영을 보더니 빙긋 웃으며 악수를 했다.

　　"여자 친구?"

　　"여자 친구는 아니고 뭐, 거의 비슷한 존재에요."

　　"하하. 그런가? 이쁘게 생겼군."

　　현수는 전분가루로 만든 중국식 가지 볶음을 한입 먹으면서 대화를 계속했다.

　　"아무튼 러시아 곳곳에서 분리 독립운동이 벌어지니 골치 아프겠어요."

"대통령이 성격은 좋은 데 너무 물러서 큰일이야. 요즘 너도나도 자기 권리만 요구하고 의무는 뒷전이니 나라가 엉망일 수밖에. 거기다 체첸 이 놈들은 자꾸 뒤에서 나라를 전복시키려고 선동이나 하니 원! 요즘 스트레스 때문에 불면증에 걸릴 지도 모르겠어."

"확실히 국정을 운영하는 게 쉽지는 않나 보네요."

"그럼. 기업 운영하는 것과는 많이 다른 편이지. 정치쪽은 선택 한번 잘못하면 천길 낭떠러지야. 이러다 러시아가 망하는 것은 한 순간이야."

"후후, 스트레스가 많겠네요."

"생각 외로 많아. KGB시절이 지금 생각해보면 재밌었어. 그보다 지난 번 그 건으로 만나서 상의를 했는데 말야. 상대편 입장이 의외로 강경해서 어찌 해야 할지 모르겠어."

"그보다 옐친 대통령 의중은 어떻습니까?"

"그 분이야 직접적으로 그런 이야기를 하는 분이 아니네. 어찌 되었든 진보주의자니까. 그냥 원론적인 말씀뿐이야. 하지만 그게 더 무서울 때도 있어. 우리 같은 직업은 상사의 눈치를 잘 살펴야 되거든."

예전에 블라디미르 푸틴에 대한 이미지는 ― 그것이 비록 서방세계에 의해서 덧씌워졌다 해도 잔혹한 독재자로 비춰졌던 것은 사실이다.

실제 푸틴은 체첸 독립 문제로 뮤지컬 극장에서 인질 협박을 하자 그 자리에서 신경가스를 쏘아서 테러분자 전원을 사살해버린 뉴스는 아직까지도 유명하다.

그런데 가끔 푸틴과 길게 대화를 하다 보면 과연 냉혹한 그 인물이 맞는지 여전히 얼떨떠름할 뿐이다.

현수는 천천히 자신의 입장을 표명하기 시작했다.

"유코스를 그 쪽과 우리가 함께 인수하는 방법은 어떨까요? 경영권은 그 쪽에 주고 저는 30%만 가지겠습니다. 이러면 서로 체면도 살려주고 실장님도 실속을 챙길 수 있고 괜찮지 않나요?"

"음, 듣고 보니 나쁘지 않은 것 같군."

"어차피 정치라는 것이 어제의 적도 오늘의 동지가 되는 법입니다. 서로 극단적으로 부딪쳐서 피라도 흘리는 날에는 좋을 게 뭐가 있겠습니까?"

푸틴은 통역을 하는 예리나를 힐끗 보더니 자신의 생각을 정리해서 말했다.

"솔직히 나도 요 며칠간 많은 고민을 했다네. 그런데 당신 말을 듣고 보니 이 방법이 최선이라는 생각이 드는군."

"해당 지분만큼 지원은 충분히 해 드리죠."

"알았네. 그럼 그렇게 추진하도록 하지."

＊

결국 유코스는 막후에서 푸틴의 주재하에 총 4억 2천만 달러에 매각하는 것으로 합의를 보게 된다. 전체 지분 중 82%지분을 수의 계약 형식으로 민영 기업에 넘기는 조건 인데 그 중 메나테프 은행이 지분 54%를 2억 7천만 달러에 가져가면서 경영을 맡기로 했다.

나머지 지분 투자자로는 한국의 (주)AMC가 선정되어 1억 5천만 달러에 지분 30%를 인수하는 것으로 합의했다.

물론 정상적인 비즈니스였다면 지금의 수십 배에 달하는 가욋돈을 준다 해도 과연 거래성사가 가능했을지는 의문이리라.

그만큼 지금의 매각 가격은 터무니없이 낮은 금액이었던 것이다. (주)AMC는 여러 분야에서의 대성공으로 최근 현금이 남아도는 상황이었다. 만약 내년으로 IMF 가 예견되어 있지 않았다면 이미 시중에 돌아다니는 M&A물건 중 상당수가 AMC의 손에 들어왔을 것이다.

유코스가 어떤 회사인지 실사단을 보내서 파악하게 된 최상철은 들뜬 목소리로 무조건 인수하겠다면서 호탕하게 웃었던 것으로 기억한다.

확실히 현수가 떠나고 대외적으로도 이제는 1인자라는 막중한 자리에 오른 탓일까?

최상철의 예전의 순박한 음성은 사라지고, 이제 말투에는 점잖으면서도 품격만이 느껴질 뿐이다.

이 뉴스는 한국에는 크게 알려지지 않았지만 유코스 지분 30%를 인수하면서 지분 평가법에 따라 AMC그룹의 가치는 앉은 자리에서 대폭 올랐다.

지분이 낮아지니 푸틴측에서 최초에 요구한 정치자금은 1억달러에서 3천만 달러 수준으로 경감되었다.

그 3천만 달러는 중국의 개인 계좌에 있던 잔금을 다 빼야 가능했는데 여러 번의 계좌 세탁을 거친 후에야 비로소 모스크바로 들어갔다. 그리고 그 자금을 바탕으로 푸틴은 자연스럽게 세력을 키우며 대권에 도전할 꿈을 품었다.

✳

금 4월물은 마침내 4월 5일이 되자, 407.40을 찍었다.

4만 계약에 379.80평단가로 계산하면 수익률이 110,400,000달러에 이루게 된다.

원칙상으로 여기서 아쉽지만 끝을 맺는 게 옳았다. 하지만 현수는 조금만 더 홀딩하고 싶다는 욕망을 느꼈다.

그것은 스스로의 의지에 대한 도전이었다.

간만에 줄담배를 태우면서 고민을 했다.

그것으로도 안심이 안 되었는지 그 전까지는 확인조차 하지 않던 일봉 차트는 물론이고 Stochastics, Macd, Bollinger Bands 따위의 기술적인 분석이 담긴 보고서 와 금 시황에 대해 브리핑까지 받았다.

'조금만 더 기다려 보자. 좀 더 상승할 확률이 높아.'

그러면서 알게 되었다. 확실히 미래를 아는 것과 모르는 것은 극명한 차이가 하나 있었던 것이다. 그것은 극도의 초조함이다. 앞날이 전혀 예측이 되지 않으니 입이 살짝 말라왔다.

그는 마침내 4만 계약을 더 베팅에 들어갔다.

총 8만 계약에 매수 홀딩이다.

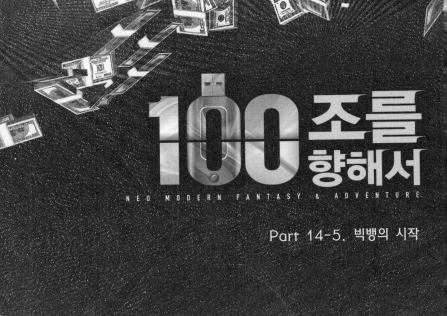

100조를 향해서

NEO MODERN FANTASY & ADVENTURE

Part 14-5. 빅뱅의 시작

Part 14-5. 빅뱅의 시작

"그것 참, 묘한 일이군."

A.J 휴그가 가져온 몇 가지 자료를 근거로 앤서니 슬라마는 손가락으로 테이블 윗면을 튕기며 고개를 흔들었다. 이제 60을 갓 넘긴 그는 철저한 무신론자로서 보수적이었고, 또한 어떤 역경 속에서도 침착함을 유지하는 법을 알고 있었다.

워싱턴에 몇 시간 머물러 본 사람은 깨닫게 될 것이다. 고상한 건축물로 가득한 워싱턴은 기실 넥타이를 단정하게 매고 친구의 뒷담화나 까면서 즐기는 변태적인 배불뚝이 남성들이 많다는 것을.

그런 탓에 이제 워싱턴은 더 이상 따스한 사랑의 손길을 그리워하는 곳이 아니다. 이 도시는 마약에 찌든 매춘부의 암내처럼, 엄숙함이 공존하는 인공적인 구조물로 이루어진 기형적인 괴물일 뿐이다.

앤서니는 기묘한 눈빛을 보이면서 말했다.

"그러니까 당신이 예전에 받은 그 미래 뉴스인가 뭔가가 지나고 보니 다 맞아 떨어졌다? 그 말인가?"

"네. 믿기 어렵겠지만 사실입니다."

"우스운 일이군."

"……."

"설마? 이 세상에 외계인이 존재한다는 그런 풍딴지 같은 미신을 자네처럼 영리한 인재가 믿는 것은 아니겠지? A.J?"

"실망시켜드려 죄송합니다. 허나….."

"그렇군. 믿어 달라 그 말인가?"

"불행하게도 그 예언이 맞은 상황입니다."

"음, 정말이야?"

"네."

"이거 꽤 고민되는 걸? 좋아. 이게 우연일 확률은?"

"세스나기가 쿠바에 격추되고 탑승인원, 정확한 시간까지 맞추었습니다. 혹시나 했는데 어제 GM델피 브레이크 공장의 파업까지 맞아 떨어졌습니다."

앤서니 슬라마는 튀어나온 뱃살로 바지춤이 내려가자

허리띠를 꽉 조여 매면서 웃었다.

"좋아. 백번 양보해서 초능력 같은 것을 가진 놈들이 있다고 인정하자고. 그런데 이런 불행한 뉴스를 먼저 안다고 해서 우리에게 좋을 게 뭐가 있지?"

"그, 그거야."

A.J 휴그는 순간적으로 머뭇거렸다. 막상 반박할 말을 찾다 보니 적당한 어휘가 떠오르지 않은 탓이다.

사회 정의?

인명 피해?

물론 도덕적인 관점에서 더할나위 없이 중요한 키워드였지만 노회한 5선의 상원·의원이 원하는 답은 그런 고리타분한 것들이 아닐 것이다.

그는 인자한 미소를 드러내며 다시 충고했다.

"이 봐. A.J… 내가 젊은 시절에는 윗사람에게 보고를 할 때 여러 가지 시나리오에 대비한 각 답안을 상정하고 미리 외운 다음에야 보고를 했어."

"죄송합니다. 제가 미처…."

"아냐. 요즘 젊은이들이 다 그렇지. 그게 어찌 자네 잘못일까? 그보다 그 놈이 보낸 예언 중에 마지막 하나가 남았다고?"

"그렇습니다. 4월 3일이면 오늘인데 지금이라도 빨리 샌디에고 경찰청에 연락을 해두는 게 낫지 않을까요?"

"아니야. 굳이 그럴 필요 없어. 그런데 그 놈이 우리에게 다시 접근을 해 올까?"

"목적을 가지고 편지를 보냈으니 다시 올 거라 확신합니다."

"그래?"

"그렇지 않으면 굳이 그런 수고를 번거롭게 할 필요가 있었을까요?"

"좋아. 그럼 좀 더 지켜보자고. 그래서 이번 예언도 틀리지 않는다면 의외로 쓸모가 있을지 몰라."

"그게 무슨 뜻이죠?"

앤서니는 나지막한 어조로 반문했다.

"올해 11월에 대선이 있는 건 알지?"

"네. 듣기로 백악관에서 벌써부터 선거 조직을 꾸리고 연임에 대비한 작전을 짜느라 정신이 없다고 하던데요?"

"후후, 그래봤자 돌팅이들이 어디 가겠어?"

"아. 네."

"공화당에서는 아무래도 밥 돌이 출마할 것 같아. 물론 경선은 지켜봐야겠지만…. 아무튼 빌에게 이 정보를 건네주면 과연 어떤 반응을 보일지 궁금해지는군."

"그렇잖아도 지지율이 낮아지는 상황이니 좋아할 것은 분명하지 않을까요?"

"빌 클린턴은 대단한 야심가라네. 고작 4년 동안 대통령

직을 해먹고 물러날 놈은 절대 아니야. 선거에서 1%지지율을 올리기 위해서 천문학적인 비용이 들어간다는 것은 거짓이 아니야. 그럼 여기서 우리가 해야 할 일은 뭘까?"

A.J 휴그는 부드럽게 미소를 보이면서 대답했다.

"거래를 해야 하지 않을까요?"

"정답이네. 만약 휴그 자네가 제시한 지금의 패가 정말 믿을 수 있다면 우리는 백악관과 좋은 거래를 할 수 있는 무기를 마련한 것일세. 예를 들어 그들은 나를 상원 의원장으로 추대시켜준다든지, 혹은 지역구의 거물급 후원자를 위해서 거대한 케이크를 선물할 수도 있을 테지."

"그렇군요."

"오늘만큼은 다른 채널 돌리지 말고 CBS에 고정시켜보게. 과연 그게 정말로 일어나는 지 두 눈으로 똑똑히 보고 싶군."

앤서니 의원의 늙은 노안은 그 때만큼은 더할 나위 없이 편안해 보였다. 노회한 정치 경험으로 추측컨대 터무니 없지만 이상하게 신뢰를 느꼈다.

그리고 얼마 후, CBS에서는 긴급 라이브 생중계로 불법 체류자들을 호송 중에 탈주자가 발생했다는 소식이 이어졌고,

캘리포니아주 샌디에고로 헬기를 급하게 띄우기 시작했다.

그리고는 근처의 숲속에서 멕시코인 2명을 발견한 경찰은 곤봉으로 사정없이 두들겨 팼는데 운 좋게도 이 장면을 잡은 CBS중계진은 생생하게 TV로 송출했다.

이를 여과 없이 구경한 시청자들은 강한 분노를 정부를 향해 터트렸다.

결국 이 작은 사건의 여파는 적지 않은 세력을 가진 각종 히스패닉 단체의 시위로 이어졌고, 백악관 대변인 제임스 하웰이 무리한 진압이었음을 인정하는 사과로 이어지고야 만다.

※

3일이 더 지났다.

그리고 지금까지 도마뱀이 나무를 타면서 느릿느릿하게 오르던 금 시세가 마치 미친 것처럼 폭등하기 시작했다. 주말이 지나고 4월 8일에 2.52%가 올라 417.90을 찍더니, 다음 날인 9일에는 0.80%플러스에 421.20가 된다.

그리고 4월 10일에는 급기야 1.73% 3일 연속 장대 양봉이 터지면서 428.40에 오른 것이다.

그 덕분에 수익률은 무려 388,800,000달러를 찍을 수 있었다.

근 4억 달러에 가까운 수치다.

'하루만 더 홀딩해볼까?'

나비가 몸을 불사르듯이 직감적으로 지금이 가장 화려한 불꽃을 뽐내는 기간이라 생각했지만, 인간인 탓에 아쉬웠던 것이다.

선물이 위험한 점은 바로 지금처럼 수익금을 바탕으로 증거금을 새로 산출하여 투자금액을 끊임없이 늘릴 수 있는 데 있었다.

물론 이럴 경우 한발만 삐끗하면 다시는 돌아오지 못하는 강을 건너는 것은 맞다.

하지만 이길 확률이 높다고 판단되면 꼭 나쁜 선택이라고 단정짓는 것도 어려울 것이다.

다음날이 왔다. 금 시세는 초반부터 하락 출발을 했고 시간이 지날수록 빠지기 시작했다. 장 중반에는 무려 -2.32%까지 빠져 패닉 상황으로 몰고 갔으나 매수 세력이 뒤늦게 합류하면서 최종적으로 -0.93%종가로 끝마치게 된다.

결국 그 다음 날 현수는 장이 열리자마자 보유한 8만 계약을 2-3일에 걸쳐서 분할 매도를 했다. 한 번에 이 많은 금액을 쏟아냈다가는 시장이 왜곡될 우려도 있었고 잘못하면 충격이 커질 수 있었기 때문이다.

다행히 그 2-3일 동안은 장은 횡보를 지속했고, 막판에는 오히려 금 시세가 소폭 상승했기에 약간의 손해에 그치고 만다.

'확실히 과한 탐욕은 금물이야.'

그는 살짝 한숨을 내쉬었다. 이제야 첫 번째 게임이 끝났다는 안도감에 정신적인 피로를 애써 지우며 스스로 마인드 컨트롤을 했다. 그리고는 선물 계좌에 예치된 거래 정산 내역서를 물끄러미 확인하고 있었다.

금 4월물 (GOLD)
평균 매도 단가 : 426.60
평균 매입 단가 : 379.80

총 매수 계약수량 : 80,000계약
확정 수익률 : $374,382,780
계좌 잔고 : $424,382,780

'4억불이라…'

순간 헛기침을 할 뻔 했다. 믿기 어려운 수치였기 때문이다. 일반인에게는 천문학적인 금액이나 다름 없지 않는가. 현수는 머리 속으로 꼼꼼하게 계산기를 눌러 보았다.

이번 금 선물 거래를 통해서 3억 7천 4백만 달러의 이익이 발생했다.

조를 향하서 5

거기다 기존에 위탁 증거금으로 남겨둔 5천만달러를 더하면 총 4억 2천 4백만 달러가 된다.

어디 그 뿐인가?

그 전에 그는 시스코 주식을 3천만달러, 야후 주식을 1천만 달러 매입했고, 남아 있던 현찰 1천만 달러를 합하면 4억 3천만 달러가 훨씬 넘게 된다.

'많이도 벌었군.'

현실감은 안 느껴졌지만 엄연한 현실이다. 눈앞에 이것은 그냥 A4지에 흑색 잉크로 인쇄된 종이 쪼가리에 불과했지만 몇 번이고 다시 숫자를 확인하고 싶어졌다.

혹시 자신이 잘못 본 것은 아닌지 눈을 의심하면서.

어찌 보면 로또 복권 당첨은 아무 것도 아닌 그런 일이 발생했으니 그는 장난삼아 허벅지를 꼬집어보고 있었다.

✳

"앞으로 욕심 안 부려야겠어요."

"막판에 금 선물 베팅 때문에 그런 겁니까?"

"3일 연속 폭등하길래 며칠은 더 올라갈 줄 알았죠."

마이클 강은 차분한 어조로 현수를 보면서 말했다.

"그래도 하락하자마자 손 뗀 건 잘하신 겁니다. 그동안 상승에 대한 피로감 때문인지 오늘도 하락했더군요."

"그런가요?"

"결과론적으로 이번이 단기 고점이었습니다. 그보다 대단하네요. 5천만 달러를 가지고 불과 2개월만에 4억불을 넘게 벌었으니…."

마크 웰백은 감탄사를 연발하면서 현수를 향해서 엄지를 치켜 올렸다. 현수는 쓴웃음을 지으면서 겸연쩍은 듯이 고개를 흔들었다.

"운이 좋았을 뿐입니다."

"아니에요. 이번 건으로 월가에서도 아마 우리를 주시하는 세력이 생겼을 겁니다."

"설마 그러겠습니까? 수백 억불을 주무르는 사람들 눈에 가당키나 할까요?"

"후후, 이쪽 계통은 정보가 생명입니다. 분명히 이번 금선물에서 이 만큼 번 것은 조금만 관찰을 하면 누구나 알 수 있는 일이었습니다."

"뭐, 어때요? 불법적으로 번 것도 아니고. 그보다 자금이 더 생겼으니 시스코에 5천만불어치 그리고 야후에 3천만불 정도를 추가로 매입하세요."

"시스코나 야후 모두 최근 많이 오른 상태인데 괜찮겠습니까?"

현수는 인상을 살짝 찡그리면서 웃었다.

"네. 상관없습니다. 단! 지금 당장이 아니라 적어도 한

두 달 이상 관찰하면서 주가가 단기간 내에 많이 하락했을 때 꾸준히 사세요."

"걱정 마십쇼. 최대한 낮은 가격에 매입하겠습니다."

"그리고 주위에 유망한 벤처 기업이나 혹은 투자처로서 괜찮은 곳 있으면 소개를 부탁드립니다."

"알겠습니다. 그렇잖아도 다른 큰 투자 기관에서 거절당한 업체들이 꽤 되는 데 그것들 중 알짜배기 놈으로 골라서 보고 드리죠."

"그렇다고 이 건 때문에 쓸데없이 밤 세거나 그러지 마세요. 뭐든지 적당한 것이 좋습니다."

마크는 가끔 이 동양의 젊은 오너가 신기하게 느껴졌다. 물론 그만큼 여유로운 환경 속에서 지내니 그럴 수 있다고 생각은 하면서도 속마음과는 다르게 부드럽게 호응할 뿐이다.

"하하. 그럼요."

"아, 이번에 돈도 많이 벌었으니 저희 Su. FC. Stone Investment 직원 전부에게 200%연봉 인상하고 휴가도 듬뿍 드릴 테니 그렇게 아세요."

"우와! 이거, 너무 직원들에게 잘해주는 것 아닙니까? 괜히 저까지 미안해지네요."

"괜찮아요. 하하."

＊

　　재형은 첫째 형 아파트 문 앞에서 잠시 서성거리고 있었
다. 그렇게 초조한 모습으로 담배를 한 개비 물고는 몇 모
금을 빨다가 이윽고 초인종 벨을 누르고 말았다.

　　"아니? …이게 누구야?"

　　"안녕하세요? 형수님?"

　　재형은 고개를 긁적이더니 가볍게 인사를 했다. 형수는
갑작스런 불청객의 등장에 멈칫거리다가 안방에서 TV를
보던 남편을 부리나케 부르며 재촉했다.

　　"아, 네. 아이고, 내 정신 좀 봐. 여보! 빨리 나와 봐요.
둘째 도련님 오셨어요."

　　"누구?"

　　"아이! 누구기는 누구야? 둘째 도련님이라니까!"

　　"미안합니다. 갑자기 이 근처 들렸다가 생각이 나서요."

　　"이런? 연락도 없이 네가 어쩐 일이냐? 어서 들어와. 어
서!"

　　"…그럼. 실례하겠습니다."

　　"실례는 무슨! 형제끼리!"

　　주말인 토요일이라 그런지 의외의 방문에 모두들 체면
을 차리느라 정신이 없었다. 재형은 보통 때의 당당한 태
도와 달리 조용히 마루에 앉아 의미 없는 안부 인사부터

나누며 대화를 시작했다.

"그런데 어쩐 일이야? 주말도 공장에서 일한다고 불러도 안 오던 놈이 무슨 신바람이 나서 여기까지 온 거야?"

"뭐, 그냥 겸사겸사 들렀죠."

"그래?" 어여! 앉아."

"그보다 술상이나 하나 내놓으쇼. 형한테 할 이야기가 있는 데 맨 정신에는 좀 그래서."

재문은 교자상을 거실에 깔면서 호방하게 말했다.

"이 놈, 또 뭔 사고 쳤냐?"

"……."

"쯧, 여보. 여기 소주하고 안주로 오징어하고 과일 좀 갖다 줘."

"후후, 사는 게 힘들어서 그렇쑤다. 왜요?"

"네 놈이 사는 게 힘들면 월급쟁이인 나는 오죽하겠냐?"

"그래도 형님은 대기업 아니오?"

정재형은 형인 정재문에게 소주를 따르면서 투덜거리면서 핀잔을 주었다.

재문은 재형보다 3살이 더 많은 데 어린 시절부터 일찍 돌아가신 어머님을 대신해서 가장 노릇을 했었다. 그런 탓에 그저 '이 놈이 사는 게 지쳐서 왔구나' 정도로 생각하고 깊게 묻지 않고 세상 돌아가는 이야기만 했다.

"대기업은 무슨… 정태수 회장이 얼마나 지독한줄 알기

는 아냐? 저번에 한보 엔지니어링 사장이 공장 견학할 때 따라 갔다가 기계 부품 명칭도 모른다고 그 사람 많은 데서 조인트를 까였다고 하더라. 에잇!"

"허허. 아무리 특권 의식이 강해도 그렇지. 한보 엔지니어링 사장이면 못해도 형님 나이 뻘일텐데 어찌 그리 막대하는 거요?"

"내가 오죽하면 내가 모시는 어른인데도 이런 말 하겠냐. 한 마디로 못 배워먹었어. 지독할 정도야. 그렇다고 뭐어쩌겠냐? 목구멍이 포도청인데…."

"그런 것 보면 성공한 사람들은 하나 같이 독특하네요."

"에휴, 말도 마. 나도 애들 공부 때문이 아니면 진작에 때려쳤어."

"형님도 이제 끝난 거요?"

"뭐가 끝나?"

"… 승진 말이요."

정재문은 씁쓸한 표정을 짓더니 껄껄거렸다.

"현재 한보 그룹 내 임원중에서 내 동기들은 대부분 퇴직한지 오래야. 지금 있는 부사장 자리도 오늘 내일 하는데 무슨 승진? 흐흐."

"아 참. 이 소리는 그냥 듣기만 하쇼."

"뭐?"

"주위에 거래처 사장들 이야기가 요즘 한보 자금 사정

이 그리 좋지 않다고 웬만하면 한보쪽에 납품하지 말라고 하더라구."

"그래봤자, 그 큰 기업이 뭔 일 생길까?"

재형은 소주잔을 위장에 벌컥 들이키면서 말했다.

"뭐 그렇다는 말이고. 그보다 딸은 유학 보냈고, 현우는 요즘 뭐합니까?"

"이번에 행정고시 본다고 하는 데 모르겠어. 그 놈도 뒤늦게 바람이 들었는지 맨날 자가용 몰고 놀러 다니기 바빠."

"너무 걱정하지 마쇼. 요즘 애들이 다 그렇죠."

그렇게 한 시간 가까이 지났을까? 소주 2병을 서로 비우자 한참을 뜸 들이다 큰형 정재문이 무겁게 입을 뗐다.

"그래. 이제 말해봐라. 요즘 무슨 일 있어?"

"휴우. 자금이 좀 딸리는 상황이에요."

"자식, 결국 돈 필요해서 온 거구나."

"그렇죠. 뭐. 솔직히 여기 문 두드리면서 용기가 안 납디다. 지난번에 공장 어렵다고 3억 빌려준 것도 아직 갚지 못 했는데 내가 어찌 염치가 있다고."

정재문은 풀이 확 죽어 있는 재형을 물끄러미 쳐다보더니 한숨을 내쉬었다.

"그래. 얼마나 필요한데?"

"얼마 전에 롯데 건설에 납품을 했다가 묶인 자금이 46억이오."

"젠장! 간 덩어리도 크다. 46억이 애들 이름도 아니고."

"어찌 하다 보니 그렇게 되었소. 물론 그 돈이 다 필요한 것은 아니고 당장 회사의 숨통이라도 트이기 위해서 15억에서 20억은 있어야 할 것 같네요."

"……."

"……."

잠시 침묵이 허공을 휘감아 오기 시작했다. 부엌에서 마늘을 다듬던 형수는 마치 불안한 기색으로 술상을 힐끗 보면서 딱 봐도 초조한 표정이다.

수십 평생을 살아 온 재형이 어찌 형수의 저 의미를 모르겠는가? 확실히 돈이라는 게 무서운 것은 분명하다.

그는 형의 눈치를 살피더니 경직된 어조로 입을 열었다.

"형님 집 사정도 내가 뻔히 아는 데 어찌 그 돈을 다 원하겠소. 그저 형이 빌려 줄 수 있는 한도 내에서 말해주시구려. 내 어떤 말을 들어도 형님 원망은 안 할 것이오. 그리고 돈을 빌려주면 이자 충분히 쳐서 롯데에서 수금 되면 바로 갚아 드릴테니 걱정 마쇼."

"재형아."

"네."

"미안하구나. 그 정도 돈은 나도 없다. 그리고 너도 어서 공장 정리해라. 앞으로 남고 뒤로 까지는 것처럼 어리석은 것도 없지 안 그래? 장부상으로 이익이 나면 뭐해. 거래처에서 수금이 안 되는 데"

"그건 내 사정이요. 형님."

"아무튼 뭐라고 할 말이 없구나. …나도 처자식이 있어서"

"좋소. 그럼, 몇 억이라도 안 되겠소?"

그 순간 형수가 나서서 재빠르게 그 둘의 대화에 끼어들었다.

"미안해요. 도련님. 우리도 딸 유학 보내고 친정 부모님까지 아파서 사정이 여의치 않네요. 거기다 아직 3억 빌려 준 것도 못 받았는데…."

100조를 향해서

NEO MODERN FANTASY & ADVENTURE

Part 15-1. April showers bring my flowers

"여보! 무슨 허튼 소리를!"

"당신은 나서지 마세요. 우리도 할 말은 해야지. 그래야 도련님도 알 것 아닌가요? 지금에야 말하지만 남편이 빌려준 그 3억 중에 1억은 내가 친정에서 받은 유산이라는 것은 모르시죠?"

"휴우. 죄송합니다. 형수."

"그런 뜻으로 말씀드린 것은 아니에요."

"아닙니다. 앞뒤 분간 못한 내가 잘못이죠. 역시 오면 안 되는 것이었는데… 내가 괜히 왔네요."

"재형아! 이 놈!"

재문은 극도로 표정이 안 좋은 재형을 보더니 호통을 버

67

럭치면서 말을 끊었던 것이다. 하지만 재형은 이 말을 듣지 않고 바로 인사를 하더니 현관을 향해 나섰다.

"형님께 미안한 마음뿐이네요. 동생 놈이 못나다 보니 여러 곳에 폐나 끼치고…."

"정말 돈이 급한 거야?"

"오죽 하면 왔을까? 휴우, 거래처에서 돈 달라고 집까지 찾아오더군요."

"정 그러면… 재동이에게 말해 보는 방법도 있다."

"재동이? 정재동이요?"

"그래. 지난번에 재동이가 자기 집에 초청한 적 있었잖아?"

"그런데요?"

"너와 희숙이는 바쁘다고 안 갔지만 나와 집사람은 거기 다녀왔어."

"……."

"알아. 너와 재동이 사이의 앙금을…."

재동은 모호한 빛을 띄우더니 신발을 신으면서 퉁명한 말투로 반발했다.

"그쪽도 요즘 집안이 피었나 보군요. 형님이 그 정도로 말씀하실 정도면… 휴우, 그래도 되었쑤다. 내가 죽으면 죽었지 어찌 재동이에게까지 손을 벌릴까?"

"그런데 네가 생각하는 것보다…."

"미안하오. 형님. 더 이상 듣고 싶지 않네요. 갑니다."

"저, 저런!"

재형은 꽤 속이 상했는지 아니면 재동의 이야기 때문인지 그는 철제문을 쾅 닫고 나가버렸다.

바깥으로 나가니 하늘이 노래지는 기분이었다.

예측은 했지만, 역시 생각했던 대로다. 어쩌면 당연한 반응인지도 모른다. 형님이 그의 부모도 아닌데 그 정도로 도와준 것만 해도 감사하다고 해야 하지 않을까.

그럼에도 속상한 것은 어쩔 수 없나보다.

라이터와 담배를 찾는 손이 미약하게 떨면서 현재 그의 심정을 나타낼 뿐이다.

그가 열심히 일하지 않은 것은 아니다. 아니, 꽤 성실하게 살아온 인생으로 자부했다.

하지만 지금 그에게 남은 것은 변변한 집 한 채도 없었다.

거기다 재동이라니?

재동은 어머니가 돌아가시고, 아버지가 재혼한 새 어머니의 아들이었다.

그 때만 해도 그는 한창 감수성이 예민한 고등학교 시절이었으니 재동과 사이가 좋을 리 없지 않는가. 특히나 재동은 너무 순하고 약해 빠졌다.

어머니의 죽음은 재형을 사춘기 시절 방황하게 만들었고 결국 이것은 재동에 대한 악감정으로 이어지게 된다.

아마 별 것 아닌 것으로 많이 구박했던 것 같다. 특히나 나이차이가 1살 차이라 더욱 그러했다.

배 다른 동생이라는 단 하나의 이유만으로 재동에게 참 못된 짓을 많이 하였다.

물론 지금은 뼈저리게 후회하고 예전에 재동이 처음으로 인사차 큰 형집에 방문했을 때 진심 어린 사과도 했었다.

그런데 그런 재동에게 이제 와서 부탁을 하라고?

죽으면 죽었지 못할 짓이다.

물론 그도 귀가 있는 데 듣기는 들었다. 재동이 아들이 사업에서 크게 성공했다고.

이제 자기 형편이 힘들어지고, 재동이 살림이 펴졌다고 어찌 인간으로서 그런 짓을 할 수 있을까?

그리고 몇 억도 아니고 몇 십억이다.

조카 놈이 사업한다 해봤자 그 놈도 감당이 안 될 것은 뻔했다.

그렇게 정처 없이 길거리를 떠돌다 '급전'을 빌려준다는 광고지 한 장에 시선이 꽂혔다.

흔히들 충고를 한다. 절대 사채는 쓰지 말라고. 맞는 말이다. 절대 쓰면 안되는 것이 사채인 것은 어린 아이라도 알 것이다. 하지만, 절박하게 궁지에 몰린 이들에게는 베트맨이 악당을 물리치는 정의로운 교훈은 아무 소용없었다.

그는 여러 곳을 헤매다가 명동의 비교적 규모가 큰 사채 사무실로 향하기 시작했다.

✳

 "…모두들 수고 많았어요. 후발주자로서 케이블의 홈쇼
핑 사업자로 선정된 점 먼저 축하드립니다. 앞으로 이 분
야는 그룹의 미래 신성장 동력으로 전폭적인 지원을 아끼
지 않겠습니다. 연예 오락 채널도 마찬가지입니다. 기존
공중파의 경력자들을 스카웃해서 경쟁력을 재고해야 할
겁니다."
 회장으로 취임한 최상철의 짧지 않은 연설이 드디어 끝
났다. 예전에는 안 그랬는데 최상철도 그룹의 1인자로 올
라서다 보니 의미 없는 격식이 회의실에서도 이어졌다.
 사장단 회의.
 각 계열사의 성과 보고 및 각종 현안에 대한 논의, 그리
고 그룹의 투자 계획 따위가 이루어지는 곳이다.
 이번에 방송 통신 위원회에 적절한 로비를 한 결과 좋은
성과를 얻은 예전에 SBS 예능 국장 출신인 이성돈 이사가
이야기를 이어갔다.
 "알다시피 홈쇼핑 채널 하나와 연예 오락 채널 사업자
로 선정이 되었는데 이곳을 책임질 사업자를 새로 만들어
야 하는 지, 아니면 기존의 자회사에 포함시켜야 하는지

모르겠습니다."

최상철이 십여명의 사장단을 향해 질문했다.

"이 부분도 쉽게 넘길 부분은 아닌 것 같네요. 누구 좋은 아이디어 있으신 분 있나요?"

그러자 강대수 AMC엔터테인먼트 사장이 마이크에 대고 먼저 의견을 피력했다.

"홈쇼핑 채널은 단독으로 자회사를 꾸려도 되지만 케이블의 연예 채널은 저희 AMC엔터와 함께 묶는 것이 더 좋지 않을까요? 여러 가지 시너지 효과도 상당할 것으로 기대됩니다만?"

"음, 시너지 효과라? 굳이 저도 반대할 이유는 없지만, 문제는 외부의 시선인 것 같은데? 괜히 긁어서 부스럼 만드는 게 아닐까요?"

"…무슨 뜻인지? 언론 말씀입니까?"

강대수는 조심스럽게 최상철의 눈치를 살피며 대꾸했다. 초창기 때와 달리 그와 최상철의 위상은 꽤 차이가 벌어졌던 탓이다.

"네 잘 아는군요. 지금 언론에서 AMC엔터가 연예계를 장악했다고 하면서 삐뚤어진 시선으로 보는 이들이 있다는 것은 아시죠?"

"들어는 봤습니다. 허나 굳이 그런 것까지 신경 쓸 필요가 있을지요?"

"여론도 들을 때는 들어야죠. 거기에 방송 채널까지 보유하면 독과점이라며 언론에서 AMC그룹을 타겟으로 공격할 게 뻔합니다. 그런 바보 같은 짓을 굳이 사서 할 필요가 있을지 모르겠네요."

둘의 대화를 쭉 듣던 AMC패션 사장이 나서서 참견했다.

"그럼 자회사로 신규 출자를 하는 것이 어떨까요?"

"그래요. 절차대로 합시다. 홈쇼핑과 연예 채널을 한데 묶어서 계열사 하나 더 만들죠. 괜히 엔터쪽과 묶었다가는 그 후폭풍은 누가 감당할 수 있겠습니까? 그리고 요즘 전자쪽은 어떤가요?"

"후발주자에다 품목이 다양하지 못해서 삼성, LG, 대우와 비교하면 아직 실적이 미미한 상황입니다."

"이번에 파주와 광주 공장에 각각 2천억을 더 투자해서 만든 TV, 냉장고, 세탁기 공장은 아직 시험 운전이 멀었나요?"

"공장은 완성이 되었는데… 크흠, 문제는 계약과 달리 히타치쪽에서 최신 기술 이전을 각종 핑계를 대면서 늦추는 형국입니다. 그 때문에 진작에 나왔어야 할 시제품 테스트가 난관이 좀 있습니다."

최상철은 난감한 표정으로 한숨을 내쉬었다.

"안 되면 히타치와 계약 파기하고 유럽의 필립스쪽에 선을 대보세요."

"그렇게 되면 시간이 더 오래 걸릴 텐데 괜찮을까요?"

"필립스라는 패를 히타치에게 보여주면서 우리가 원하는 대로 협상을 주도해달라는 의미입니다. 반드시 히타치와 결별하라는 것은 아닙니다."

"알겠습니다."

"참, 그리고 IBM은 어떻게 되었습니까?"

"일단 IBM 측과 꾸준히 실무팀을 보내서 협상을 했는데 최근에 맺은 MOU를 보면 기존 IBM 컴퓨터 부품을 들여와 부분 개량을 거친 후, AMC컴퓨터 브랜드로 국내에 출시하는 것까지 합의를 봤습니다."

"로열티는 어떻게 되죠?"

"총 매출액의 3.5%를 지급하는 선에서 끝냈습니다."

"그 정도면 나쁘지 않은 수준이네요."

"아, 그리고 앞으로 전국에 입지가 가장 좋은 곳에 AMC브랜드 샵을 오픈 할 생각이니 그룹과 제휴된 부동산 신탁 회사에 토지 매입을 의뢰하세요."

"규모는 어느 정도로 생각하십니까?"

"최소 5백평 이상은 되어야 합니다."

"5백평이라."

"입지는 명동이나 홍대처럼 땅값이 아무리 비싸도 A 급을 잡아야 합니다. 5대 광역시 포함해서 전국에 10곳 정도를 선정하고, 토지 가격이 너무 비싸면 10년 이상 장기 임대 방식도 추진해보세요."

"다 좋은데 수익이 전혀 안 날텐데 괜찮을까요?"

"상관 없습니다. 이것은 명예 회장님 지시입니다."

"아, 네."

사실 브랜드 샵 설립은 최상철의 의견이 아니라 미국에 있는 정현수의 지시였다. 어제 뜬금없이 전화로 최고급 브랜드 샵을 만드는 것이 어떻겠냐는 것이다.

쉽게 말해 AMC그룹 산하의 제품 중 경쟁력이 뛰어난 제품만 골라서 브랜드 이미지 관리의 개념이다. 이 때만 해도 한국 기업은 브랜드 관리에 큰 노력을 기울이지 않았던 시기이기도 했다.

물론 최상철도 그 때까지 중구난방식으로 두서가 없는 AMC브랜드를 통일시켜서 고급화한다는 전략에는 동의했다.

그런데 문제는 현수가 생각하는 AMC스토어의 규모가 적당한 수준이 아닌, 정말로 스케일이 크다는 데 있었다. 그가 제시한 플랜은 이러했다.

AMC스토어로 명명된 건물은 우주선처럼 원형의 통짜 유리로 만들고, 고도를 높이면서 2층-3층 규모로 짓는다.

그리고 내부에는 최고급 자재를 투입하여 인테리어를 한다는 방침을 정했다.

그렇게 만든 건축물들은 한국 어디를 가도 통일된 규격과 색상, 디자인으로 그 지역의 명소로 만든다는 계획이다.

　허나 금액이 예상 외로 커서 난색을 표명한 쪽은 재무팀이었는 데, 이 계획대로 만약 실행이 된다면 아무리 못해도 2천억이상이 소요된다면서 불만을 터트린 것이다. 그도 그럴 것이 수익은 전혀 나지 않는 사업에 이런 거금을 투입하다는 결정은 보수적인 90년대에는 결코 쉽지 않은 결정이었다.

　애플의 고가 브랜드 정책이 미래에 어떻게 소비자에게 파고들고, 어떤 식으로 피드백을 발휘해서 기업에 막대한 이윤을 돌려줬는지 모르는 이들의 편견이다.

　애플은 미래에 세계 최고의 기업이 된다. 그럼에도 그 흔한 미디어 광고나 스포츠 스폰서를 거의 하지 않는 것으로도 유명했다. 과연 애플이 어떻게 해서 최고가 되었는지 그들이 안다면 아마 태클은 걸지 못했을 것이다.

　그렇다고 직원의 의견을 무시하기도 애매했다.

　그런 탓에 그들은 AMC스토어를 사용되는 비용의 절반은 미디어에 집행하는 대외 광고비 총액에서 그만큼 삭감하는 것으로 적당히 타협을 했다.

          ✳

　통화 선물에는 여러 종류가 존재하지만 대부분 기준은
달러로서 일본 엔, 영국 파운드처럼 상대 통화국에 대한
가치의 상승, 하락을 지수로 표현한다.
　그리고 그가 지금 신중하게 검토 하는 종목은 그 중에서
가장 거래 규모가 큰 엔달러 선물이었다.
　엔달러 선물은 엔을 기준으로 달러의 변동성을 지수로
만든 것인데 1계약에 현재 12,500,000엔이 필요하다. 이
는 1996년의 환율을 적용해서 미화로 역산하면 대충 12만
달러가 되었고, 한국 원화로는 1억원 정도의 수준이다.
　1틱의 가치는 12.5달러로서 증거금은 3,340달러 정도
라 할 수 있다. 1엔은 쉽게 말해 0.009803달러인데 이 때
1계약으로 기준을 삼으려면… 이렇게 설명이 가능할 것
이다.

(1996. 04.26기준 환율)

1) 기초 자산
달러엔 환율 : 1달러 = 102엔
엔달러 환율 : 1엔 = 0.009803달러

2) 파생 상품 (선물)

1엔 x 12,500,000= 9803x 12.5달러

1계약 = 9803(현재 지수 기준)

환율의 차이에서 오는 미세한 오차는 있으나, 선물의 공식은 어차피 비슷했다. 결국 금 선물이나 통화 선물이나 원리로 볼 때 대동소이했고, 어쨌거나 중요한 것은 기초자산인 엔화 기준으로 달러의 가치 변동에 대한 방향 예측에서 성패가 갈리게 된다.

엔달러 선물의 레버리지 수준은 대략 36배로서 나쁘지 않은 편이었다.

그는 어제 밤을 세면서 뒤진 네이버 USB 뉴스 라이브러리의 기억을 천천히 되살렸다.

– 환율 9년만에 최고! (1996.07.09)

1불 = 813원 달러 국제 시세 강세 영향

동경 시장 한 때 111엔 돌파

원달러 환율은 8일 외환 시장에서 수입 결재 수요와 국제 외환 시장 달러 강세등의 영향으로 개장과 동시에 815원을 기록하는 등… 중략…

– 달러 초강세 118엔 넘어서! (1996.12.21)

[뉴욕/도꾜 종합] 달러화(貨)에 대한 엔화의 환율이 다시 118엔을 넘어섰다. 이와 관련 국제 외환 전문가들은 19일 미국의 채권 가격이 강세를 보인 반면 일본의 니케이 지수가 522.36포인트 하락을 한 것이 영향을 받은 것으로 분석하고 있다.

현재 102엔, 7월에 111엔, 12월에 118엔.
큰 폭등은 아니지만 장기적으로 엔화의 하락은 확실했다.

✳

피에르 오미디아르는 매부리코에 안경을 낀 서아시아 계통의 페르시아 피가 잔뜩 섞인 남자다. 피에르의 부모는 모두 이란인이었다.

그의 아버지는 이란의 팔레비 왕조의 경호 부대에 근무했는데 1979년 친미파인 팔레비 국왕이 축출되면서 덩달아 가세는 급격히 기울게 된다. 그 후, 이슬람 혁명주의자이자 급진주의자인 호메이니 정권이 들어섰고, 결국 탄압을 견디다 못한 피에르의 가족은 미국으로 정치적 망명을 한 것이다.

하지만 온갖 험로를 헤치고 도착한 미국 땅은 결코 피에르를 반겨주지 않았다.

어린 시절 피에르는 학교에서 아랍인이라는 이유만으로 보기 싫다고 놀림을 받아야 했고, 심한 경우에는 학교 뒤 나무 위에 묶여서 구타를 당한 적도 있었다.

그러다 보니 자연적으로 소심해질 수밖에 없었는데 그래서 늘 그는 혼자 놀기 좋아했다.

비록 컴퓨터 학과를 졸업했고, 프로그램 기술자로서 지식을 쌓았으나, 대학교 간판이 변변치 않은 탓에 몇 몇 기업을 다녔으나 쉽게 적응을 하지 못하고 좌절해야 했다.

그렇게 집에서 어쩔 수 없이 쉬다가 우연히 인터넷에 올린 레이저 포인터가 14.83달러에 팔렸다. 이에 궁금함을 금치 못했던 그는 구매자에게 질문을 던질 수밖에 없었다.

– 이 레이저 포인터가 고장난 것인지 혹시 모르시나요? 혹시 몰랐다면 환불을 해드리겠습니다.

– 아니요. 정확히 알고 구매했습니다. 저는 고장난 레이저 포인터를 모으는 것이 취미거든요.

이에 정신이 번쩍 뜨인 피에르는 인터넷에서 사업 가능성을 발견했다. 그리고는 고교 동창인 MIT의 경영학과를

80 론빔 향해서 5

졸업한 제프리 스크롤을 경영자로 초빙하여 직접 경매 사이트를 열게 된 것이다.

이 때 미국은 인터넷 시대가 막 열렸는데 '닷컴'이라는 명칭이 붙고 수많은 벤처 사업가들이 18세기 금광을 캐기 위해 청바지와 곡괭이만 들고 갔던 것처럼 열풍이 부는 시기였다.

100조를 향해서

NEO MODERN FANTASY & ADVENTURE

Part 15-2. April showers bring my flowers

"가장 중요한 것은 역시나 소비자와 판매자 사이에 불신의 싹을 없애는 것이 아닐까?"

"그거야 그렇지. 결국 내가 소비자라 해도 상품에 불량품인지 아닌지 안심이 안 가거든. 그것은 판매자 입장도 마찬가지일 것이고."

제프리는 답답하다는 듯이 머리칼을 긁적이며 말했다.

그러자 피에르도 동감한다면서 대답했다.

"나도 시스템적인 문제로 보는 데 판매자 입장에서 어떻게 생판 처음 보는 구매자를 믿을 수 있을까? 이 부분은 구매자 입장도 돈을 먼저 주는 것이니 불안하겠지. 그래서 불안감 해소를 위해서 확실한 보증이 필요하다고 보는 데 아닌가?"

"보증이야 우리 회사가 하는 것이고 …아무튼 수수료 체계를 등록 수수료와 판매 수수료로 나눴다네."

"수수료가 회사의 수익으로 귀결되니 중요하겠지만 그것은 회사가 기반이 잡혔을 때 이야기고, 이제 시작하는데 중요한 것은 믿음이라고 봐."

"…믿음이라. 나쁘지 않아."

"앞으로 우리 비즈니스의 Key Point는 그 둘 사이의 플랫폼 역할에 충실히 하는 유틸리티 툴로 접근해야 할거야."

제프리는 짧은 단답형으로 시원하게 웃으면서 무릎을 쳤다.

"동의하네."

"그런데 페이팔과는 업무 협조가 어때? 잘 돼?"

"네트워크 담당 직원과 현재 협의 중이야. 덕분에 며칠 동안 직원이 밤새 작업을 하느라 와이프가 박박 긁는다더군. 큰 문제는 없을 것 같아."

"회사가 초창기라 그런지 신경 쓸 일이 너무 많아. 괜히 자네한테 미안하네."

"세상에 쉬운 일이 얼마나 될까? 피에르."

"잭? 경매 시스템 수정은 잘 되어가고 있나?"

시니어 매니저급으로 앉혀 놓은 잭 캐디라를 향해 피에

르가 물었던 것이다. 잭 케디라는 메모 노트에 무언가를 적으면서 부드럽게 웃었다.

"소비자가 선택하기 편리하게 'Buy ITNow' 라는 메뉴를 만들어 봤습니다. 이 방식은 셀러가 지정하는 가격에 물품을 판매하는 시스템인데 일반 홈쇼핑 사이트와 큰 차이가 없습니다. 하지만 다양한 소비자의 NEED를 충족시키기 위해서 이 방식도 있어야 한다고 봅니다."

"잭! …자네는 정말 뛰어난 직원이야. 좋은 아이디어군."

"그리고 다른 하나는 말 그대로 제한 된 시간 내에 소비자가 원하는 가격만큼 신청을 하고 가장 높은 금액을 써 낸 소비자에게 낙찰되는 시스템을 구현해 봤습니다."

"그래?"

"하지만 여기서 판매자가 장난질을 칠 수 있다고 생각했기에 몇 가지 보완점을 추가로 만들어 봤습니다."

"뭐를 더 만들었다는거야?"

잭 케디라는 헛기침을 하면서 진지한 표정으로 대답했다.

"하나는 요구되는 비드 금액을 최고가로 정하지 않고 두 번째로 비드한 사람의 금액보다 조금 높은 금액으로 정했습니다."

"복잡한데? 그런데 왜 그렇게 한 거야?"

"이 경우 소비자는 가장 높게 비딩한 금액을 모르는 관계로 정말 그 제품이 마음에 들면 자발적으로 최고 가격을 더 끌어 올릴 수는 있는 원인이 될 수 있습니다."

"……."

"거기다 만약 최고 가격이 화면에 노출 될 경우 단지 그 금액보다 약간만 더 써내면 1등을 할 수 있기에 판매자에게는 상대적으로 불리해지는 단점이 존재하게 되죠."

이번에는 제프리가 의미심장한 눈초리를 번득이면서 고개를 끄덕였다.

"듣고 보니 그렇군. 그런데 판매자가 자신의 상품 가격을 높게 낙찰 받기 위해서 아이디 몇 개를 만들어 조작으로 낙찰가를 올리는 경우에 그에 어떻게 대비할 생각인가?"

"이 부분에 대한 고민도 해 봤습니다. 정말 의도적으로 판매자가 경매를 조작하고, 그 사실이 발각 되면 영원히 사이트를 이용하지 못하게 하는 강력한 처벌을 할 생각입니다. 또한 설령 자기가 조작해서 금액을 끌어 올린다 해도 까딱 잘못하면 조작한 아이디로 낙찰을 받게 됩니다. 그러니 잘못하면 쓸데없이 수수료만 떼어가게 되니 쉽게 그러지는 못할 것으로 판단합니다."

"좋군. 좋아. 아주 깔끔하네."

※

　그렇게 회의가 끝나갈 무렵, 사무실에 뜬금없이 손님이 방문했다는 소식을 듣게 된다. 이 말에 제프리와 피에르는 서로의 얼굴을 멀뚱히 쳐다보더니 누구인지를 물어야 했다.

　"누구라고? 투자 회사?"

　"정말이야? 투자 회사가 왜 우리 회사를 찾아 온거야?"

　"글쎄요. 저도 잘….."

　부하 직원은 영문을 모르겠다는 표정으로 말했다.

　"요즘 닷컴 버블이 심한 건가? 대체 무슨 일이야?"

　"피에르? 그렇다고 멀리서 온 손님을 문전박대할 수는 없지 않나?"

　"휴우, 어쩔 수 없겠지. 일단 만나 보세."

　"밖에 손님께 여기로 들어오라고 하세요."

　"네."

　회사를 방문한 이들은 다름 아닌 뉴욕에서 온 현수와 마이클 강이었다. 그 둘은 유창한 영어로 인사를 하고 명함부터 교환하면서 자리에 앉았다.

　제프리는 텍사스 카우보이의 촌뜨기처럼 멋모르고 도시에 상경했을 때의 그 덜떨어진 표정 대신에 경직된 모습을 유지하면서 질문했다.

"…그런데 어떻게 여기를 알고 찾아 오셨는지?"

현수는 낡은 사무실을 둘러보더니 신기한 듯 목청을 높였다.

"반갑습니다. 검색으로 우연히 알게 되었는데 귀사의 아이템이 무척 참신하더군요. 판매자와 소비자를 연결하는 경매 사이트라니…."

"후후, 인터넷 세계는 무한하죠. 지금이야 AOL이 그들의 세계를 만들어 놓고 그 안에 가두려고 하는 데 과연 어떻게 될지 지켜보는 입장에선 흥미롭더군요."

＊

AOL, American On-line Inc의 약자로서 한국에 천리안, 나우누리를 비롯한 4대 통신이 있었다면 미국은 AOL이 이제 갓 출범한 인터넷 통신 시장의 선두 주자라 할 수 있었다. 기실 한국 4대 통신은 케텔의 영향을 받았는데 그 케텔도 AOL의 카테고리별 분류에 따라 동일하게 본 따서 만든 것이다.

AOL은 자사의 프로그램을 무료로 미국 전역에 배포하면서 마케팅을 펼쳤고, 이로 인해 1996년에는 460만 명까지 늘었다.

이후 AOL은 쇼핑 서비스, 온라인 여행사, ABC, CBS등

방송 업체, 금융 기업들과도 제휴를 맺어 온라인 종합 서비스 기업으로 성장하게 된다.

또한 웹브라우저 넷스케이프에 투자한 회사로도 유명했다.

제프리는 활기찬 표정으로 눈앞의 동양인들에게 자신의 지식이 얼마나 풍부한지 자랑을 계속했다.

"물론 AOL의 영향력은 결국 그들이 보유한 막강한 회원수와 데이터 베이스에서 나오는 데 뉴스, 증권, 쇼핑, 토론 등 다양한 카테고리를 통해서 사용자에게 많은 볼거리를 제공하게 되죠. AOL의 야심은 AOL이라는 그들만의 세계에 인터넷 세상을 구현시키는 것이에요."

"그런데 과연 그게 쉽게 될까요? 세상 일이 뜻대로 다 된다면 세상에 어려운 일이 뭐가 있을까요?"

"…하지만 AOL은 이미 나스닥 상장을 통해서 막대한 현금을 손에 넣은 상황입니다. 더구나 하루가 다르게 변화되는 인터넷 시대에서 선발 주자는 후발 주자보다 훨씬 많은 프리미엄을 얻죠."

현수는 나지막한 어조로 의견을 표시했다.

"무슨 뜻인지는 알지만 우리가 간과하는 것이 하나 있지 않을까요?"

"뭐죠?"

"인터넷은 거대한 바다라는 겁니다. 그 바다를 항해해서 가는 사람은 유저입니다. 지금은 초창기라 그런 것이지 점점 더 이 비즈니스에서 파생되는 아이템이 늘어나면 AOL은 못 버틸 겁니다."

지금까지 쭉 이들의 대화를 듣던 피에르는 마음에 들지 않는다는 표정으로 대화에 참견했다.

"AOL이 버텨내지 못하다니? 근거라도 있습니까?"

"아, 그건 아닙니다. 단지 AOL이 아무리 커도 유조선 정도의 배에 불과할 뿐입니다. 바다는 위험합니다. 파도가 한번 크게 휘몰아치면 유조선 규모의 AOL도 보잘 것 없다는 뜻입니다."

"뭐 좋습니다. 그보다 저희 회사에 방문한 목적이 무엇이죠?"

이미 투자 목적이라 알고 있었지만 그래도 예의상 대화의 물꼬를 이런 식으로 전개시킬 수밖에 없었다. 마이클 강은 마침내 원하는 질문을 듣자 또렷한 목소리로 말했다.

"귀사에 투자를 하고 싶습니다."

피에르의 목소리는 버들나무 풀잎이 이슬을 머금은 것처럼 살짝 떨어댔다.

"음… 얼마나 투자를 원하시는지?"

"이베이의 지분 35%를 원합니다."

"35%?"

"많나요? 그 쪽에서 원하는 금액을 불러보세요. 그럼 저희가 검토를 해보고 말씀드리도록 하죠."

현수는 이번에는 역으로 나갔다. 지난 번 아마존에서 의외로 거절을 당하는 탓에 혹시 몰라서 아예 상대가 원하는 금액을 불러보라고 말한 것이다.

물론 아마존은 이미 어느 정도 규모를 갖춘 상황이고 이베이는 이제 막 시작한 회사다.

직원 숫자도 다 해봤자 7-8명 수준의 소기업이었다. 그러니 뜬금없이 투자를 하기 위해 왔다고 하니 이베이의 창업주인 피에르 오미디아르로서는 어떻게 받아들이겠는가?

그 때문에 현수는 뜬금없이 실리콘 밸리의 IT기업 이야기와 AOL에 대한 썰을 풀면서 그의 경계심을 누그러트리는 사전 작업을 한 것이다.

피에르는 조심스럽게 머리를 굴리며 화제를 잠시 돌려야 했다.

"아무리 생각해도 이해가 안 가는군요. 요즘 닷컴 버블이 일어나서 인터넷 간판만 달면 투자가 잘 된다는 것은 알지만… 어떻게 저희 같은 알려지지 않은 회사를 일부러 찾아 오신건지 말해주실 수 없겠습니까?"

"하하, 이상하게 생각하지 않아도 됩니다. 저희는 벤처기업 중 인터넷 유망 기업에 전문으로 투자하는 기업입니다."

"……"

"단지 이베이에만 투자 제의를 한 것이 아니라 실리콘 밸리의 여러 다수의 기업에 동일한 제의를 하는 중입니다. 그리고 이 인터넷 기업 중 합리적인 선에서 지분 매각을 원하는 곳과 계약을 할 예정이구요."

"아? 그렇군요. 그러면 일종의?"

"네. 인터넷 벤처 캐피탈이라 할 수 있습니다. 뭐, 한도도 이제는 거의 차서 총 1억불 규모에서 다다른 것도 사실이네요. 그러니 매각 가격을 제시할 때 신중하게 고려 부탁드립니다."

"음…."

피에르는 꽤 고민스러웠다. 그렇잖아도 향후 마케팅 자금 때문에 돈이 부족한 상황이었는데 마른 연못에 때마침 비가 내린 것처럼 투자 회사의 방문은 갈증을 풀어줄 수 있다고 생각했다.

그러면서도 막상 피 같은 자신의 지분을 넘기려니 답답한 마음이 앞서는 것도 거짓이 아니다.

"그래도 지분 35%는 너무 많은 것 같은데요?"

"적절한 것 같은데? 많은가요?"

"……"

"……"

"좋아요. 그럼 이렇게 하죠. 경영에 절대 간섭하지 않겠다고 약속하고, 회사 지분 30%의 금액으로 7백만 달러를 준다면 매각하기로 하죠."

현수는 마이클 강을 의미심장한 눈빛으로 보다가 또렷한 표정으로 잽싸게 말을 이었다.

"좋습니다. 지분 30%에 이베이의 지분 7백만 달러를 인수하는 것으로 하겠습니다. 물론 경영권에도 손대지 않겠습니다. 그러면 되나요?"

"그럼요. 충분합니다."

그 둘은 악수를 하면서 즐겁게 웃기 시작했다. 마침내 비즈니스의 마침표를 찍은 것이다.

그럼에도 그 둘의 내심은 서로 달랐다.

각각 좋은 가격에 딜을 이루었다고 기뻐하면서도 상대가 마음이 변하기 전에 재빠르게 법적인 절차를 마무리하기를 원했다.

그도 그럴 것이 미래를 알고 있는 현수의 입장에서 이베이의 지분 35%를 7백만 달러에 얻었다는 것은 거저 먹는 것이나 다름없었기 때문이다.

나스닥에 상장이 되거나 기반이 잡힌 회사가 아니다. 말 그대로 초창기 창업 시절의 이베이 ebey 지분이다.

역설적으로 이베이의 창업자 피에르 오미디아르에게도 오늘은 더 없이 기쁜 날이 아닐 수 없었다.

그가 본격적으로 사무실을 창업하는 데 쓴 비용은 고작

8만 달러에 불과했으니 7백만 달러의 가치가 어떻게 느껴졌겠는가.

그래서 내심 7백만 달러에서 좀 깎아서 3-4백만 달러만 받아도 지분을 넘길 의향이 충분히 있었다. 그런데 생각 외로 부르는 가격을 전부 다 받았으니 어찌 그의 볼에 미소가 떠날까?

✳

로스앤젤리스의 아침은 따사로웠다. 현수는 L.A의 유명 호텔에서 아침으로 베이컨, 토스트, 양송이 스프로 간단히 식사를 때우면서 동시에 휴대 전화로 걸려온 마크 웰백의 보고에 몇 마디 지시를 하고 있었다.

그리고는 몇 분 후 차분하게 'End' 버튼을 눌렀다.

여전히 적응이 안 되는 모양새다.

벽돌 휴대폰이라니. 회귀 전에 최신식 스마트폰을 사용하다 두께만 2-3cm에 이르는 모터로라 휴대폰을 보면서 그저 쓴웃음만 지을 뿐이다.

4억 3천만 달러의 잔고 중 마크는 그의 지시대로 시스코 주식에 5천만달러, 야후 주식 3천만 달러를 추가로 매입 완료했다는 보고를 했다.

이렇게 되면 시스코는 총 8천만달러를, 야후는 4천만

달러를 투자하게 되는 꼴이다. 또한 그 전에 투자한 주식에서 수익이 꽤 발생한 상황이라 실제 가치는 이보다 더 높은 수준이었다.

그리고 남아 있는 3억 5천 달러의 잔고 중 엔달러 선물 계좌로 3억 달러를 이체시켰고, 일주일 전에 이미 평균 매입 단가 '9768'에 6만 계약을 체결했다. 그가 선택한 포지션은 지수 하락에 베팅이다

여기서 지수 하락은 '엔화 가치 하락 및 달러화 가치 상승'을 의미한다.

그 반대로 지수 상승은 '엔화 가치 상승 및 달러화 가치 하락이 될 것이다.

선물 위탁 증거금은 약간 넉넉하게 1계약당 미화 5천불로 산정했다.

이 경우 대략 엔달러가 4%가량 하락하게 되면 마진콜을 당하게 된다. 쉽게 말해 지수가 자신이 희망했던 포지션인 '지수 하락'과 반대로 '지수 상승'으로 이어져서 10158까지 오르면 3억 달러는 한 푼도 써보지 못하고 허공에 날리는 격이 되는 것이다.

허나 미래의 뉴스를 알고 있는 현수에게 이것은 큰 장애물이 되지 않았다.

단 하나 여전히 걸림돌은 존재한다.

그 중간에 엔달러 지수가 혹시나 크게 절상되었다가

절하될까봐 그 부분만 유일하게 신경 쓸 뿐이다.

❋

현수는 호텔의 테라스가 보이는 창문을 열고 나가서 주위를 둘러보았다. 말보로 담배의 매콤한 연기가 폐부를 찌르면서 세포를 자극했다. 선선한 L.A특유의 바람을 정면으로 마주 하면서 문득 깊은 사색에 잠겼다.

아마존이 문제인가?

아마존의 경쟁업체에게 자금 지원을 해서 아마존을 고사시키는 전략은 아직도 정확한 답이 안 나고 있었다. 아마존이 의외로 꿋꿋하게 버텼기 때문이다.

허나 비즈니스 세계란 냉정한 곳이다. 결국 자금력이 강한 놈이 이길 확률이 압도적으로 높았다.

몇 개월은 몰라도 1-2년은 아무리 생각해도 어려워 보인다고 판단하고 인내심을 발휘해서 조금 더 기다리기로 마음먹었다.

그러던 그 순간 다시 전화벨이 울려퍼졌다.

그런데 이번에 전화는 휴대폰이 아니라 호텔의 유선 전화였다. 아마 그가 기다리던 한국의 그 전화인 모양이다. 호텔 프론트의 독일식 억양으로 무장한 교환원의 목소리가 들리더니 몇 초 후 한국어가 수화기 너머에서 들려왔다.

"최상철입니다. 회장님."

"아! 오랫만이네요. 여기는 아침 8시인데 한국 쪽은 몇 시입니까?"

"하하. 이쪽은 저녁 10시입니다. 원래는 좀 더 일찍 전화를 드릴까 하다가 괜히 주무시는 데 방해될까봐 지금 전화 했습니다."

"그래요. 잘하셨어요. 요즘 제가 그 쪽에 없으니 어때요? 편하시죠?"

"아이고. …별 말씀을요. 워낙에 일이 많아서 정신이 없습니다."

"아닌 것 같은데? 아무튼 제가 지시했던 딜은 어떻게 되었나요?"

"CalPERS 캘퍼스 펀드 외 4곳의 콘소시엄에 우선 협상대장자로 지정하고, 마침내 오늘로서 지분 26.43%를 매각하면서 정식으로 도장을 찍었습니다."

"후후, 수고하셨습니다."

"수고는 뭘요? 당연히 제가 해야 할 일인데요."

"그런데 매각 금액이 얼마라고 했죠?"

"…1조 2천 백 3십억입니다."

"생각보다 금액이 낮네요."

"어휴. 말도 마십쇼. 이것도 수차례 줄다리기 끝에 이루어진 금액입니다. 회사가 비상장인데다 금액도 크고, 특히나 회장님이 절대 내년으로 넘기지 말라고 해서 방법이 없었습니다."

"그건 이해하는 데 그래도 너무 심한 것 아닙니까? 올해 그룹 추정 순이익이 6천억은 넘는다고 그 때 그러지 않았나요?"

"네. 보수적으로 계산해도 게임쪽이 워낙 잘 돼서 거의 7-8천억은 나올 것으로 예상되지만 알다시피 현찰 들고 투자하는 외국계 기업들이 오죽 하겠습니까? 그들 입장에서는 최대한 낮은 가격에 잡으려고 온갖 꼬투리는 다 잡으려 하더군요. 특히나 상장 회사에 비해 환급성 문제 때문인지 그마저도 선뜻 달려들지를 않았습니다."

"유코스 지분은 이야기했습니까?"

"네. 일단 장부상의 가치는 저희 지분 30%를 환산했을 때 30억-40억 달러는 충분하다고 그들도 인정은 했습니다."

"그런데요?"

100조를 향해서

NEO MODERN FANTASY & ADVENTURE

Part 15-3. April showers bring my flowers

Part 15-3. April showers bring my flowers

"하지만 문제는 유코스가 얼마 전까지 러시아 소유였다는 점입니다."

"무슨 뜻이죠?"

"그 때문에 디스카운트를 너무 많이 하더군요. 아무래도 유코스가 투명하지 않아서 믿기 어렵다는 그런 기조가 많았습니다."

"후후, 비상장이 이럴 때는 좋지 않네요. 알겠습니다. 그래도 현실은 현실이니 어쩌겠습니까?"

"아무튼 큰 무리 없이 지분 매각을 끝냈고 이 정도면 나빠 보이지 않습니다."

현수는 머리 속을 재빠르게 정리했다.

103

1조 2천억에 그룹의 지분 26.43%를 매각했다면 투자자들은 AMC그룹의 가치 전체를 대략 5조원 정도로 잡았다는 뜻이다. 모르는 이가 본다면 천문학적인 금액으로 당장 기뻐서 어깨춤을 췄을지 모른다. 하지만 내심 그보다 더 높은 가격을 원했던 현수로서는 그다지 긍정적인 기분은 아니었다.

그래도 어쨌든 이 돈은 적지 않은 돈은 확실했다.

AMC그룹은 최근에 다시 외국의 몇 몇 투자기관에게 주식을 매각했다.

지난 번 그룹은 골드만삭스 컨서시움에게 14.9%를 제 3자 유상증자 배정을 했다. 그리고 회사로 1억 2천만 달러가 유입되어 들어왔다.

그 후로 두 번째 외부 수혈인데 그룹 계열사 지분을 보유한 지주 회사인 (주)AMC의 주식 중 현수의 부모님이 가진 지분을 매각하는 작업이다.

그 중에는 몇 가지 이유가 있었는데 훗날 발생할 수 있는 막대한 상속세와 또 다른 하나는 IMF의 도래, 그리고 자금의 효율성 문제 때문이다.

지금까지는 큰 탈 없이 회사를 운영했다.

하지만 날이 갈수록 자금이 들어 갈 곳은 많아졌고, 이익 창출에도 한계에 부딪치고 있었다. 그러니 좀 더 손쉬운 방법을 찾을 수밖에 없다.

동일한 금액을 투자하더라도 혼자 모든 것을 짊어지는 것보다 외부 투자를 받게 되면 상대적으로 큰 힘을 들이지 않고 운영이 가능했던 탓이다. 과거 대한민국 재벌 그룹이 자주 애용하던 방법이라 할 수 있다.

　아무튼 그렇게 만든 매매차익의 20%를 개인 소득세로 납부 후, 나머지 돈은 미국 계좌로 송금 받을 예정이다. 예상 외로 미국이라는 시장이 컸던 탓에 내심 자금이 더 필요했던 것이 원인이었다.

　현수는 궁금한 듯 물었다.

　"회사채 발행은 어떻게 되었습니까?"

　"회사채도 지난주에 끝났습니다. 2억불짜리 10년 만기에 12.4%, 4억불 5년 만기로 9.5%로 결정지었고 큰 무리 없이 발행이 완료된 상태입니다."

　"그럼… 회사에 현금 흐름은 괜찮은 편인가요?"

　"네. 원래 은행 대출은 거의 없어서 경영 상태는 양호한 편입니다. 무디스와 같은 해외 신용평가 기관도 상당히 호의적으로 평가 중입니다."

　"어쨌든 일단 6억불이면 대충 5천억쯤 되나요? 요즘 환율을 잘 몰라서…."

　"5천억이 거의 맞을 겁니다."

　"앞으로 이 돈은 계좌에 무조건 묶어 두시고 2년 동안 투자 동결이니 그리 아세요."

최상철은 약간 난감하다는 듯 말꼬리를 흐렸다.

"그런데 자회사에서 사업이 잘 된다고 계속 확장을 하자고 아우성인데… 계속 모른 척 하는 것도 그렇고 어떻게 해야 할지?"

"아니요. 그냥 보류하세요. 이번 건은 그룹 오너로서 지시 사항입니다."

"정 그러시다면… 알겠습니다."

"들어가세요. 이런, 내가 너무 늦게까지 끈 것은 아닌지 모르겠네요."

"아, 그게…."

최상철은 그 때 무언가 할 말이 있는 지 전화를 끊지 않았다. 약간 우물거리는 태도였다. 평소 눈치가 빨랐던 현수는 이상하다는 듯이 반문했다.

"할 말이 또 있습니까?"

"아, 아닙니다."

"할 말 있으면 하세요."

"아닙니다. 그럼 전화 끊겠습니다."

"그래요. 부모님 주식 매각 대금은 설명 잘 하시고 바로 처리하세요."

"네."

최상철은 수화기를 내려놓으면서 이마에 땀 몇 방울이 맺혔다는 사실을 깨달았다.

휴우, 어떻게 해야 하지?

이번에는 솔직히 털어놓으려고 몇 번이나 다짐했지만, 아직 어린 처자식의 잠자는 모습을 보자 차마 입이 떨어지지 않았던 것이다.

그날따라 왜인지 OB맥주라고 적혀진 병이 씁쓸하게 느껴졌다. 맥주의 거품은 이 세상의 다양한 고민을 깨끗하게 쓸어가면서 스트레스를 잊게 해준다.

술에 취한 채 그렇게 밤은 덧없이 깊어만 간다.

*

고몽 필름 Gaumont Film Company의 미국 법인은 캘리포니아주의 산타모니카에 위치해 있었다.

주로 독립 영화를 위주로 미국 시장에 영화를 배급하는 고몽 필름은 프랑스에 본사를 둔 미니 스튜디오 중 하나다. 스튜디오 시스템이란 영화 제작사들이 장기 계약을 맺은 스태프들을 데리고 소유권을 활용하여 수직적 통합과 효율적인 영화 배급을 이끌어내는 방식을 일컫는다.

고몽 필름은 1895년에 설립되었고, 적어도 이 분야에서만큼은 오래된 전통 있는 곳으로 유명했다.

하지만 고몽 필름의 북미 법인장인 에메누엘 튀랑은 평소와 달리 침울한 기색이 역력했다.

그는 말없이 쓰디 쓴 블랙커피를 한 컵 가득 마시는 중인데 오늘로만 벌써 3잔째다.

에메누엘은 탁한 어조로 중얼거렸다.

"끌로드. 세상이 참 허무하다 느껴지지 않나?"

"글쎄요… 긍정적으로 바라보는 게 더 좋지 않을까요?"

"그런가? 후후."

주름살이 가득한 검은 손등을 응시하던 에메누엘은 옆에 조용히 시립해 있는 끌로드 시뇰을 향해 재차 말을 건넸다.

"그러고 보니 자네와 만난 것이 벌써 16년이 지났어."

"빠르네요. 시간이 많이 흘렀네요."

"…지금 생각하면 정신없이 살아온 것 같아. 제대로 놀지도 못하고 일에만 열중하고 그토록 바둥거렸으니. 사실 파리에서 발령 받았을 때만 해도 미국에 이토록 오래 머무를지는 생각도 못 했는데… 역시 많이 늙었어."

"벌써부터 약한 모습을 보이시면 어떻게 하십니까?"

"왜? 약해 보이나?"

끌로드 시뇰은 뒷짐을 진 채로 서 있는 상사를 안타깝다는 눈빛으로 보더니 바로 테이블에 가서 앉았다. 그리고는 007가방에서 서류 한 무더기를 꺼내서 천천히 훑어가며 대화를 지속했다.

"그렇게 보이네요. 암튼 실망입니다. 겨우 이 정도로 낙

담하시면 어떻게 하려고 합니까? 앞으로 본사로 돌아가서 회사를 잘 이끌어 나가야죠."

"하하. 그게 쉽게 될까? 나 같은 패잔병이? 이제 겨우 53살이네. 허나 돌아가도 만만치 않을 게 뻔히 보이는군."

"그래도 버티셔야죠."

"그렇지. 암 그래야지. 아직 자식이 대학을 다니는 처지인데다 돈 들어갈 곳이 산더미라 방법이 없어."

"이제 30분 후면 들이닥칠 겁니다. 그 전에 혹시 수정할 것은 없는 지 다시 한번 매각 서류 검토 부탁드립니다."

"……."

끌로드는 고몽 필름 북미 법인의 매각 서류를 에메누엘이 보기 쉽게 펼쳤다. 하지만 법인장인 에메누엘은 고개를 흔들면서 인상을 찡그릴 뿐이다.

"생각 없네. 지난 4개월 동안 몇 번이나 수정한 서류 아닌가? 거기서 틀려봤자 무슨 문제가 일어나겠어? 안 그래?"

"그래도?"

"어련히 재무팀과 법률팀에서 잘 확인했겠지. 나야 그저 서명만 해주면 되는 일이네."

"죄송합니다. 정 그러시다면…."

"이번에 2번째 우선 협상대상자로 지정된 쪽이 투자 회사라고?"

"네. 뉴욕 소재지라 하는 데 뉴욕의 투자 회사치고는 규모가 큰 편이 아닙니다. 대신에 한국인가? 그 쪽에 백그라운드가 괜찮아서 계약이 깨지지 않을 가능성이 높다고 합니다."

"우리 쪽 부채가 얼마나 되는 지 그쪽에서 확실히 알고 있겠지?"

"이미 서류 검토와 교환이 다 끝났습니다."

"그 쪽에서 실사가 필요하다고 하던가?"

"실사까지는 필요 없다고 합니다."

"자신 만만한가 보군. 쭛, 이 바닥이 어떤 바닥인데."

끌로드는 무미건조한 표정으로 대답했다.

"오늘 아침 프랑스 본사에서 무슨 일이 있어도 매각해야 한다고 최대한 협조하라는 지시가 내려왔습니다."

"그래야겠지."

그의 말투는 힘이 없어 보였다.

고몽 필름은 기실 계속 되는 누적 적자로 자본금은 다 까먹고 작년부터 스튜디오 매각을 위해서 사방팔방으로 접촉을 했다.

원래 영화 산업이란 겉으로 보기에 꽤 화려하고 멋진 산업이다.

아름다운 여배우, 명성 높은 감독, 유능한 스태프, 방송 관계자와 만나서 파티를 하고 어디를 가도 떵떵거리면서 명함을 건넬 수 있는 파라다이스다. 그런 탓에 처음에는 고몽 필름을 인수하기 위해 유니버셜, 21세기 폭스에서 접근했지만, 결국 협상 막판에서 결렬이 되고야 만다.

그 이유로는 생각 외로 많은 부채가 걸림돌이 되었다.

그러다 다시 최근 어떻게 알았는지 동양의 젊은 부호가 접근했고, 인수 협상은 빠른 속도로 성사되기 막바지 단계까지 온 것이다. 에메누엘은 고몽 필름을 인수할 Su. FC. Stone. Investment의 이력을 확인하더니 냉랭하게 코웃음을 칠 수밖에 없었다.

향후 그들의 행보가 안 봐도 훤하게 그려진 까닭이다. 보나마나 알량한 돈 좀 있다고 영화 제작사 오너라고 폼이나 재고 다니거나, 그도 아니면 영화계 데뷔에 목숨을 건 여자 애들의 치마나 벗기려는 수작이 보였던 것이다.

에메누엘은 뚱한 표정으로 툴툴거렸다.

"과연 그들이 우리 회사를 잘 이끌어 갈 수 있을까?"

"글쎄요? 솔직히 썩 믿음은 가지 않습니다. 무엇보다 영화 계통에 경력이 전무한데다 메이저 영화 제작사의 파워를 과연 그들이 알지 궁금하네요."

"그럴거야. 지금 생각하면 참 우스운 일이지. 그토록 메이저 업체에 치이면서도 열정 하나만으로 세상이 뒤바뀔 것으로 믿었던 순진한 때도 있었으니."

"후후, 그런 열정이 있었습니까? 저는 젊었을 때도 그런 것은 사치라 생각했었는데요."

✳

그들은 너무나 잘 알고 있었다.

M.G.M, 21세기 폭스, 파라마운트, 월트 디즈니, 유니버셜, 소니 픽쳐스, 워너 브라더스로 대표되는 미국의 7대 메이저 업체의 영향력을!

그 막강한 배급력과 홍보력, 제작 능력은 직접 겪어보지 못한 이들은 모를 것이다. 미국에서 이른바 소위 말해서 뜰 확률이 높은 좋은 시나리오의 영화는 가장 먼저 7대 메이저 영화 제작사의 우편함으로 가게 된다.

그리고 거기서 거절된 작품이 라이온스 게이트, 미라맥스와 같은 준 메이저 업체를 거친 후, 마지막에야 고몽 필름까지 오게 되는 것이다.

거기다 그 뿐인가? 온갖 영화계에 기생하는 자칭 평론가나 기자들은 모두 그들의 편이나 마찬가지였다.

그러니 처음부터 공정한 경쟁은 꿈도 꾸지 못하는 곳이다. 그들은 수천편의 시나리오에서 가장 좋은 작품을 골라서 초호화 캐스팅을 바탕으로 in-house로 직접 투자·제작 배급한다.

고몽 필름이 끝없는 늪에 빠져 자본금을 까먹을 수밖에

없었던 것도 대중에게 먹힐 영화를 만들기 어려워지니 경쟁력이 자연적으로 약해진 까닭이다. 이는 결국 리갈 시네마와 같은 미국 1위의 극장 체인에서 영업력이 뒤떨어질 수밖에 없는 원인으로 작용했다.

특히나 소형 스튜디오는 와이드 개봉 wide release 및 P&A (Print & Advertisement)의 상승 등의 위험에 따른 분산도 거의 불가능했다.

일반적으로 메이저 스튜디오는 미국 본토에서 적자가 발생해도, 기존에 구축 된 해외시장이나 부가판권시장에서 그 손해의 만회가 가능하다.

하지만, 고몽 필름 같은 영세 업체는 돌이킬 수 없는 치명타로 작용한다.

그에 더해서 자본의 차이는 똑같은 제작 실패라도 그 체감하는 여파가 엄청나게 컸다.

"노력은 많이 했지만 아무리 노력해도 안 되는 것이 확실히 이 세계에는 많아. 제길! 이놈의 지긋지긋한 영화판처럼. 그보다 이번에 계약하면서 자네는 반드시 여기에서 고용을 보장받을 수 있게 조건을 내밀 생각이네. 그러니 그렇게 알고 있게나."

"사장님? 굳이 그럴 필요까지 있겠습니까?"

"아니네. 그래도 이게 내가 자네에게 해줄 수 있는 마지막 선물이네. 자네 부인이나 가족들이 전부 미국에 정착한 것을 아는 데 어찌 다시 프랑스로 돌아가라고 떠밀 수 있겠나?"

*

고몽 필름의 매각 협상은 순조롭게 진행이 되었다.

그리고 마침내 Su.F.C. Stone. Investment의 대표 정현수와 고몽 필름 북미 법인의 대표 에메누엘 튀랑은 만나서 화기애애하게 악수를 했다.

"협조를 해주셔서 감사합니다."

현수의 말이 이어지자 에메누엘은 부드러운 어조로 대답했다.

"아닙니다. 앞으로 고몽 필름을 잘 이끌어 주시고 특히나 기존의 직원을 100% 고용 승계하겠다는 약속 잊지 말아 주시길."

"그럼요. 걱정 마세요."

"추가로 다른 임원은 몰라도 여기 있는 끌로드 이 친구는 능력도 뛰어나고 성실합니다. 예전만큼 대우가 힘들어도 부디 내치지만 말아주십쇼. 마지막으로 떠나면서 부탁드리는 말입니다."

"사장님?"

"괜찮아. 나서지 마. 내가 알아서 할테니."

끌로드 시뇰은 에메누엘의 말에 거의 울 것처럼 말끝을 흐려야 했다. 이런 상황을 파악한 현수는 묵묵하게 고개를 끄덕였다.

"그러겠습니다. 어차피 임원도 특별히 문제가 없으면 그대로 끌고 가려 했으니 그 부분은 염려 놓으세요."

"좋소. 그럼 다행이군요."

그렇게 고몽 필름의 인수는 Su.Fc. Stone 인베스트먼트로 인수가 되었다.

고몽 필름 인수에 들어간 대금은 3억 4천만달러다.

자본 잠식으로 부채를 일괄 떠안고 100%지분을 인수하는 조건이었다. 프랑스에 본사가 있는 고몽 필름은 미니 스튜디오로서 늘 예산 문제로 매년 1-2편 정도의 영화만 제작하고 따로 배급하는 영화의 숫자도 그리 많지 않은 편이었다.

거기다 아무래도 엔터 계열의 산업이다 보니 고정 자산도 별로 없어서 그런 것을 다 따지면 꽤 손해 보는 거래임은 분명했다.

단지 남아 있는 것은 브랜드, 그리고 영화 관련 인력, 기존의 배급망 및 영업선, 보유한 영화 라이브러리 정도라 할 수 있다.

어쨌든 고몽 필름을 전광석화처럼 인수한 후, 가장 머리 아픈 문제는 1년 내로 돌아올 예정인 각종 회사채와 은행 대출 만기분이었다.

이 중 반드시 갚아야 하는 부채가 1억 달러에 신규 영화 제작비 및 P.A 비용, 미지급된 거래처 대금, 관리비 등으로 넣어야 할 자금이 대충 따져 봐도 5천만 달러가 더 필요했다.

이제는 고몽 필름의 사업 총괄 담당 책임자 겸 부사장으로 승진시킨 끌로드 시놀의 보고서를 보면서 현수는 쓴웃음을 지어야 했다.

"부채가 생각보다 많네요."

"영화 스튜디오를 인수하려는 입장에서는 어떤지 모르지만 프랑스 본사에서 어째서 북미 법인을 손 털고 나가려고 했는지 이제는 아실 것으로 생각됩니다."

"후후, 꽤 솔직하게 말하는 스타일인가 봐요?"

"꼭 그런 것은 아니지만 제가 좋아하던 상사가 어제 떠나서 좀 기분이 다운된 상황입니다. 거기다 입에 바른 소리하는 것은 적성에 맞지 않는 부분도 있구요."

현수는 도발적인 말투에 피식 웃으면서 반응했다.

"그래요?"

"죄송합니다. 마음에 안 드시면 저 말고 회장님 입맛에 드는 사람을 찾아도 괜찮습니다."

"아니요. 그런 뜻은 아닙니다. 앞으로 힘을 합쳐서 영화사를 정상화시켜보도록 하죠."

"노력하겠습니다."

"좋아요. 아직 대학교 입학이 어떻게 될지 몰라서 당분간은 뉴욕 쪽에 있어야 하는 상황입니다. 그러니 중요한 서류만 뉴욕에 있는 Su.Fc. Stone 사무실로 팩스를 보내서 결재 받고 나머지는 직접 전결로 처리하도록 하세요."

"그래도 되겠습니까?"

"괜찮습니다. 모든 것은 결과로 평가할 예정입니다. 그리고 당신이 보기에 나와 상의해야 할 문제가 생기면 직통 전화를 하면 됩니다."

"알겠습니다. 그럼 기존의 프로젝트나 영화 배급 스케줄은 일단 예전처럼 진행하도록 하겠습니다."

"그러세요."

"그런데 하나 물어 봐도 되겠습니까?"

"뭐죠?"

끌로드는 사뭇 이해가 안 간다는 눈빛으로 현수를 쏘아 보면서 입을 뗐다. 그런데 그 말투는 한 겨울의 얼음처럼 냉랭해서 그다지 좋은 느낌은 아니었다.

"어째서 영화 제작사를 인수할 생각을 한거죠? 단순히 외부에 과시를 하려고? 아니면 미끈한 아가씨와 데이트를 하고 싶어서?"

"후후, 좀 말투가 공격적이군요. 제 대답은 둘 다입니다. 자, 그것으로 되었습니까?"

"……"

"아무튼 오늘은 이 정도만 하고 볼 일이 있어서 나가겠습니다. 그리고 참! 앞으로 고몽 필름이 아니라 Su. F.C. Film이라 합시다. 이름 바꾸세요."

"그러죠. 그럼 먼저 들어가세요."

100조를 향해서

NEO MODERN FANTASY & ADVENTURE.

Part 15-4. April showers bring my flowers

Part 15-4. April showers bring my flowers

'그래도 인사는 하는군.'

그다지 나쁜 기분은 아니었다. 한평생 피땀 흘려 몸 바친 직장이 어느 날 갑자기 주인이 바뀌는 데 반갑게 맞이할 인간이 과연 몇이나 될까?

당장 면전에서 아부를 떠는 놈을 더 조심해야 하지 않을까. 그는 일종의 점령군이나 마찬가지였다.

이 정도 눈빛까지 이해 못할 속 좁은 인물은 아니다. 물론 그런 태도가 좀 더 길어진다면 어떤 결단을 내려야 하겠지만, 그렇게까지 꽉 막힌 인물로 보이지는 않았다.

아무튼 그가 고몽 필름을 다소 무리하면서도 인수를 한 이유는 간단했다. 미래에 히트한 메이저 영화의 스토리를 잘 알고 있기 때문이다.

이번에 AMC그룹의 주식을 매각한 금액은 15억 달러에 달했다. 그 중 주식 양도 차익으로 세금 3억 달러를 납부하면 대략 12억 달러가 미국 계좌로 송금되었다.

그 12억 달러에서 4억 9천만 달러가 고몽 필림의 인수 대금 및 각종 운영 자금으로 투입될 예정이다.

그러면 결국 남는 금액은 7억 1천만 달러가 될 것이다.

그 외에 선물 계좌에서 돈을 빼서 이베이에 7백만 달러를 투자하니 남은 돈은 4천 5백만 달러가 되었다.

돈을 대충 세어 보았다.

현재 미국 內 그가 보유한 현금만 7억 5천 5백만 달러에 이른 것이다.

덕분에 여유롭게 한숨을 내쉬었다.

'돈이 돈을 번다고 기하급수적으로 늘어나는군.'

이제 몇 백만 달러는 아예 돈으로 보이지도 않았다.

예전 뉴스가 문득 떠올랐다.

정주영 사후에 그의 비서가 검찰에 체포된 사건이다. 그 사건은 정주영의 개인 비서가 정주영 몰래 수십억원이 든 통장을 임의대로 뽑아 쓴 것이 초점이다. 그래서 결국 이 불운한 비서는 횡령죄로 잡혔는데 법정에서 3년형을 선고받고야 만다.

그런데 여기서 아이러니한 점은 정주영이 살아생전에는

이런 비서의 횡령 사실을 전혀 몰랐다는 데 있었다. 평생 은행에 갈 일이 없었고, 재산이 하도 많으니 돈 몇 십억이 돈으로 보이지 않은 것이다.

그런 동질감 때문일까?

현수는 쓴웃음을 내뱉으면서 암묵적인 지지를 보냈다. 그 때는 이런 재벌가의 심리를 이해를 못했지만 자신이 막상 이런 상황을 당하게 되자 어쩌면 이해가 가능하다 생각했던 탓이다.

✱

아주 가끔씩 예전 아내 생각이 떠올랐다.

문득 몰래 도움을 줄까도 몇 번 생각했었다. 하지만 그 집 식구들이 자신에게 했던 행동이 떠오르자 썩 내키지 않았다. 이런 행동이 어떤 식으로든 인연을 다시 맺는 것인데 그 때의 끔찍했던 기억이 떠오를까봐 애써 부정한 면도 있었다.

자신의 재력이면 약간만 도와줘도 예전의 처갓집은 확 풀릴 것은 분명하다.

허나, 여전히 쉽게 내키지 않았다.

그럼에도 회귀 전의 두 아이가 떠오르자 다시 가슴만 먹먹해져 온다.

이제 그는 모든 것을 다 가졌다 해도 무방하다.

한국의 AMC그룹은 어느덧 20대 그룹에 들어갈 정도의 재력을 쌓았다. 어디 그 뿐인가? 미국 내에 있는 그의 개인 자산은 날이 가면 갈수록 불어나고 있었다.

그런데 왜? 왜? 아직도 아이가 보고 싶은 것일까?

우리 아이. 우리 아가. 재잘거리기 잘하고 늘 보채면서 뭐가 그렇게 사달라는 게 많은 지. 아빠, 아빠하면서 종종 걸음으로 쫓아오던 그 앙증맞은 어릴 때 모습이 머리 속에 맴돌았다.

만약?

만약 다시 예전의 와이프와 결혼을 하게 된다면 과연 우리 형진이, 예림이가 태어났을까?

정말 다시 태어날까? 아비는 가진 것이 이렇게 많은 데 정작 그가 가장 세상에서 사랑하던 아이들은 그 어디에도 없었다.

타지라서 그런 것일까?

극심한 허탈감이 느껴질 뿐이다. 한동안 바빠서 괜찮았는데 오늘 유달리 먹먹해져 왔다.

"형진아. 예림아. 보고 싶구나. 너무… 어디서 뭐하니? 아빠 혼자 이렇게 놔두고…."

먼 이국 땅 미국에서 그는 차를 세우고 멍하니 광활하게 펼쳐진 대지를 응시해야 했다.

빌 클린턴은 바다 가재의 살점을 하나씩 발라가면서 묘한 미소를 드러내고 있었다.

그는 대단한 미식가였다.

쾌활하고 긍정적인 분위기가 물씬 넘치는 인물로서 정치인보다는 기업가가 어쩌면 더 어울릴지도 모른다.

맞은편에는 앤서니 슬라마가 오렌지 소스만 얹은 샐러드를 포크로 뒤적거리며 감탄사를 내뱉었다.

"음, 이거 맛있군. 확실히 백악관 요리사 솜씨가 좋기는 좋아."

"아직도 다이어트 중인가?"

"허리가 43인치에 몸무게가 110kg인데… 뭐 방법이 있어야지. 저번에 내 주치의가 그러더군. 스테이크만 입에 대지 않아도 5년은 더 살 수 있다고."

"후후, 그렇게 힘들게 살아서 뭐하게?"

"말은 그렇게 해도 막상 죽음 앞에 대범할 사람이 누가 있을까? 여기서 까닥 잘못하면 당뇨로 갈 수 있다고 철저한 식이요법만이 살길이라 그러더군."

"됐네. 됐어. 가뜩이나 머리 아픈 일이 많은 데 자네까지 그러면 스트레스로 압사할지도 몰라."

"웃기는!"

빌 클린턴은 호탕한 웃음을 터트리며 짓궂게 표현했다. 앤서니 의원은 클린턴보다 나이가 훨씬 많았지만 그 둘은 정치 입문 동기였고, 서로에게 힘이 되어주는 관계라 할 수 있다.

아칸소 주지사 시절 리틀락에 지멘스의 대규모 투자를 유치해준 것도 앤서니 슬라마의 인맥 때문이었다.

그 둘은 때로는 경쟁을, 때로는 협조를 하면서 긴 세월을 함께 보내왔다.

그런 탓에 이제는 대통령이 된 빌 클린턴과 아무 때나 독대가 가능한 클린턴의 최측근 중 하나가 되었다.

앤서니는 콜레스테롤이 많은 음식은 아예 거들떠도 보지 않으면서 사과, 귤 따위의 과일만 접시에 따로 옮겨와 담았다. 그러더니 다시 클린턴에게 투덜거렸다.

"사우디의 둘째 왕자가 얼마 전에 연락이 왔네. 이스라엘을 자제시켜달라고 하더군."

"중동 놈들! 아무튼 고약한 놈이야. 엄연히 행정부가 존재하는 데 굳이 자네까지 건드리다니."

"그거야 자네와 나의 친분을 아니까 그랬겠지. 아무튼 전임 이스라엘 총리인 이츠하크 라빈이 저격으로 사망 한 이후로 이스라엘에 우파가 득세하는 건 알고 있지 않나?"

"이번에 당선된 새로운 총리가 문제는 문제야. 당연히 중동쪽에서는 눈에 가시처럼 생각할 것은 분명할 테고."

"나도 회견하는 장면을 봤는데 너무 강성파가 총리가 된 것 같아."

"동감이네. 잘못하면 중동이 다시 화약고가 될 가능성이 높아졌어."

클린턴은 얼마 전 서아시아 담당 안보 실장이 올린 보고서의 내용을 살펴본 적이 있었다.

앤서니가 우려하는 것처럼 최근 중동의 정세가 심상치 않게 돌아가고 있었기 때문이었다. 그리고 그 원인은 이번에 10대 이스라엘 총리로 당선된 리쿠당의 총수 베냐민 네타냐후에서 기인한다. 그는 굉장히 극우적인 신념을 가진 인물이었다.

기자 회견에서 벌써부터 팔레스타인 난민촌 점령지 반환을 노골적으로 거부함은 물론이고 이란의 핵시설을 선제 타격하는 계획도 가지고 있다고 발표했던 것이다.

그러니 당연히 이스라엘을 눈의 가시처럼 생각하는 사우디, 카타르, 쿠웨이트 등 친 서방 국가에서 미국에 강력하게 항의를 했다.

클린턴은 인상을 찡그리며 말했다.

"더 이상 코란에 미친놈들 이야기 해봤자 밥맛만 떨어지니 그만하게. 그렇잖아도 이번 증세 안에 대해서 공화당에서 작정하고 공론화시키려나 본데… 그게 더 사실은 걱정이야."

"왜? 대선 때문에?"

"알면서 왜 묻나? 공화당에서는 원내 대표인 밥 돌이 거의 확정적인데 여론 조사를 해보면 나와 6-7%차이밖에 나지 않고 있어. 현역 대통령 프리미엄 생각하면 올해 대선은 만만치 않아 보여서 걱정이네."

"쯧, 그렇게 평소에 잘하지 그랬나?"

"잔소리는!"

"공화당에서는 여전히 예전 성추행 스캔들을 또 재탕하는 분위기던데?"

"그거야 지난 이야기라서 크게 신경은 안 쓰는 데… 또다시 우리가 생각하지 못한 변수가 튀어나올까봐 조심스럽기는 하네."

앤서니는 잠시 몇 초간 침묵을 지키더니 양복 안주머니에서 미리 준비해 둔 봉투 하나를 꺼내서 클린턴에게 주었다.

"그런가? 아무튼 이거 한번 읽어 보게."

"뭔데?"

"글쎄? 자네에게 도움 될 만한 것?"

"무슨 어린 애들 수수께끼도 아니고… 참!"

클린턴은 생수로 입가심을 하더니 봉투 안에서 A4종이 한 장을 꺼내기 시작했다.

앤서니 슬라마 상원 의원님 귀하

예전에 보내 준 뉴스는 잘 받아 보셨습니까? 의원님?

각기 서로 다른 사건 사고였지만 결과론적으로 이제 제가 미래를 제한적으로 예측할 수 있다는 점에 대해서 동의를 하는 지 궁금하군요. 아직도 이것이 당신의 눈을 속이는 세련된 기만술이라 생각하시는지요? 그 어떤 사기꾼도 타임머신을 타고 미래로 가서 그런 광범위한 사건은 벌이지 못할 겁니다.

좋아요. 일단 이 부분은 여기까지만 하죠. 아무리 논쟁을 해도 현대 과학으로는 해결이 안 나는 까닭입니다. 뭐, 상관없습니다. 만약 제가 당신과 만나게 된다면 제가 당신들을 속일 이유가 그 어디에도 없다는 것을 아마 알게 되겠죠.

어떤 대가를 바라는 지 궁금한가요? 물론 그럴 겁니다. 그 상대가 5선의 상원 의원이고 궁극적으로 대통령과 그 끈이 이어지기를 바라는 제 입장에서는 말이죠.

하하. 하지만 부디 세상을 넓게 보기 바랍니다.

저는 당신의 정치적 동반자로서 큰 손색이 없는 존재라 생각합니다. 또한 당신에게 어떤 큰 이권이나 대가를 원하지도 않습니다. 그저 작은 인맥, 작은 대가만 있어도 충분히 만족할 수 있습니다.

자, 그럼!

기대하시는 두 번째 미래 뉴스입니다.

…… 중략 ……

A4에 빼곡하게 영문으로 타이핑 된 알파벳을 보면서 클린턴은 개구쟁이처럼 결국 웃음을 터트렸다.

"미래 뉴스? 이거 골 때리는군. 하하."

"어떻게 내 반응하고 이리 비슷한지…."

"그 표정은 뭔가? 좋아. 이제 말해보게. 앤서니! 이 종이 쪼가리 정체가 대체 뭔가?"

앤서니는 무뚝뚝한 표정으로 두 손을 벌리면서 과장된 제스처를 취했다.

"말 그대로야. 누군가 미래에 발생할 뉴스를 적어서 사무실로 보냈었고 정말로 그가 말한 대로 사건이 발생하더군. 그래서 자네에게까지 보여준 것이고."

"설마 진짜로?"

"아마 빌… 불행하게도 당신 생각이 맞을지도 모르네."

"이런! 말도 안 되는!"

"사실이네."

"……."

"그 편지의 주인공은 이미 3가지 서로 성격이 다른 뉴스의 사건 사고를 써서 자신의 능력을 증명해 보였어."

클린턴은 그 때서야 이것이 농담이 아님을 직감하고 진지한 눈빛으로 오랜 친구인 앤서니를 보았다.

"무엇을 증명했다는 뜻인가? 구체적으로 말해보게."

"그 놈은 정확한 명칭, 대상, 심지어는 시간까지 맞추었네. 그 중에는 GM의 브레이크 공장 파업도 있었어. 설마 수십만명이 근무하는 제네럴 모터스의 노동자들까지 동원할 수 있는 사기꾼이 지구상에 존재한다고 믿는 것은 아니겠지?"

"그 사실을? 지금 나에게 정말 믿으라는 건 아니겠지?"

"믿어도 될거야. 아마도… 막판에 불법 입국자 탈출 장면까지 기가 막히게 다 똑같더군. 덕분에 소름이 확 돋았었지."

"음…!"

빌 클린턴은 두 번째 뉴스라고 적힌 짧은 문구를 몇 번이나 다시 읽고 있었다.

자칭 미래 뉴스의 위대한 예언가가 쓴 글은 어찌 보면 대통령인 그에게는 심각한 타격을 입힐 수 있는 내용이 적혀 있던 탓이었다.

정말로 이것이 그대로 이어진다면 과거 성추문 스캔들만큼은 아니라 해도 백악관의 도덕성에 치명타를 입힐 가능성이 높았다.

가뜩이나 대선 때문에 골머리가 아프던 클린턴에게 이

문건은 쉽게 넘기기 어려운 것이 분명했다.

그는 마른 침을 삼키며 천천히 입을 뗐다.

"…만약 그의 예측이 정말로 맞게 되면 다음 대통령은 어쩌면 내가 아닌, 밥 돌이 될지도 모르겠군."

"이 건이 터지면 보나마나 공화당에서 청문회 개최하고 대선 때까지 자네를 완벽하게 묵사발로 만들거야. 그리고는 할로윈 파티를 즐기면서 잔인하게 조롱하겠지. 무능한 빌이라고…."

"정말 어렵군. 어려워. 그래도 그렇지 이런 스캔들이 터지리라고는…."

"세상에는 가끔 세상의 상식으로는 이해가 안 되는 괴물도 존재하는 법이지."

"대체 이 놈 정체가 뭐야?"

"그건 오히려 내가 묻고 싶은 말이네. 단지 거기 글 쓴 내용으로 봐선 경제적으로나 사회적으로 위치가 괜찮은 것으로 보여졌어. 거기다 '제한적'이라는 단어를 사용하는 것으로 봐서는 미래를 전부 아는 것은 아니고 일부만 예지가 가능한 것으로 분석했네."

"하긴 그렇겠지. 미래를 전부 안다면 그게 신이지 인간일까? 그나저나 이걸 대체 어떻게 해야 하나?"

빌 클린턴은 짐작하기 어려운 눈빛을 드러내면서 고민을 했다. 그도 그럴 것이 이 황당무계한 말에 어느 정도 믿음이 생겼기 때문이었다.

하지만 이 모든 이야기는 앤서니 슬라마의 증언일 뿐이다.

물론 그는 믿을 수 있는 인물이다.

설령 거짓말을 하더라도 앤서니가 반사적으로 얻을 이득도 없었다. 그러니 당연히 머리가 아플 수밖에 없지 않는가.

이 문건의 주인이 언급한 사건은 아직 발생하려면 꽤 많은 시간이 남아 있었다.

물론 이 사건을 미연에 방지하는 일은 미합중국 대통령의 입장에서 보면, 길 가다가 개미를 구두로 밟아 죽이는 것처럼 쉬운 일이었다.

그러나 문제는 미연에 사건을 예방해버리면 정작 이 사건이 정말로 일어날지 알지 못하게 된다.

그러니 이 사건을 일으키는 인물을 멀리 떨어져서 치밀하게 관찰하며 행동을 살피는 수밖에 없는 것으로 결론을 짓게 된다.

이유야 어찌되었든 이 사건이 언론이나 외부로 흘러가게 되면 추후 대선에 상당한 데미지로 작용할 것은 분명했다.

빌 클린턴은 냅킨으로 음식이 묻은 손을 깔끔하게 닦았다. 결국 앤서니에게 감사의 말을 전할 수밖에 없었던 것이다.

"만약 이게 사실이면 이 도움은 보답하도록 하지."

"하하. 역시 자네는 미국 대통령으로서 훌륭한 자격을 갖춘 것 같군."

＊

홍대 입구.

최근 강북의 신흥 상권 중 가장 발전한 이곳은 젊은이들의 거리로 유명했고 24시간 내내 불야성으로 레스토랑, 술집, 카페 등 없는 것이 없었다. 그러니 당연히 권리금은 천정부지로 치솟았고 경쟁은 치열했다.

그런 홍대에서도 '피렌체 Firenze'는 가장 입지가 좋은 곳에 위치해 있었다. 8층 건물 전체를 다 쓰면서 규모로 승부를 보았는데 그게 딱 들어맞아 나날이 매출이 늘어나고 있었다.

피렌체는 각 층마다 업종을 다양하게 운영하는 이른바 멀티플렉스 방식을 추구한다.

쉽게 말해서 지하는 락카페, 1층은 호프집, 2층은 커피숍, 3층은 레스토랑, 4층은 당구장, 5층은 비디오방, 6층에서 8층은 모텔로 나누어서 고객의 다양한 요구사항에 따라 선택할 수 있게 한 것이다.

그런 피렌체 앞에 날렵한 백색의 폰티악 파이어버드가 우렁찬 굉음을 내면서 다가와 멈추어 서고 있었다. 차에서는 염색을 한 멋지게 생긴 젊은 남자가 내렸다.

"오셨습니까. 사장님."

"그래. 수고가 많네. 내 차 좀 파킹 좀 해줘."

"네."

찬형은 거침없이 건물로 들어갔다. 그러자 짧은 스포츠 머리에 덩치가 큰 남자가 들어오더니 반갑게 맞이했다.

"오랜만이네. 어서 들어와."

찬형은 구석진 사무실로 들어가더니 털썩 앉더니 활기찬 표정으로 입을 열었다.

"응. 이곳저곳 싸돌아 다니더니 바빠서…."

"그래도 그렇지. 네 가게인데 넌 걱정도 안 되냐?"

"걱정할 게 뭐 있어? 준수 형이 잘 관리하는데? 안 그래?"

"그러다 내가 널 속이면 어쩌려고 그래?"

"하하. 형이 그럴 것 같았으면 이렇게 말할까? 그리고 난 장사에는 도저히 소질이 없어서 형 없었으면 이렇게 벌리지도 않았어."

"이 자식이? 자꾸 비행기 태우네? 흐흐."

"왜? 매출이 줄어들었어?"

"아니. 오히려 입소문 타고 강남에서도 죽순이들도 우

리 가게 원정 온다는 말도 있더라. 장사가 너무 잘 돼서 탈이지."

"어쩐지 요즘 여자애들 물 좋다더니."

그가 형이라 부르는 남자는 피렌체의 지배인인 김준수라는 인물이었다.

준수는 예전 밴드 멤버 형의 지인으로서 술집 계통에 일한 경험이 적지 않은 탓에 소개를 받아 신촌 술집 오픈 때부터 인연을 맺고 있었다.

그는 외모와 달리 성실했으며 직원 관리에 뛰어난 편이었다.

이런 능력을 바탕으로 신촌 술집은 예상 외로 성공을 거두게 된다.

그 후, 우여곡절 끝에 찬형은 예전 술집을 상당한 이익을 남기고 매각하고 홍대에 새롭게 피렌체라는 이름으로 차린 것이다.

준수는 흥미롭다는 듯이 찬형을 놀려댔다.

"수영이와 헤어졌다며?"

"응. 내가 너무 놀러만 다닌다고 싫다고 하더라."

"그 년도 눈이 삐었지. 너 같은 킹카를."

"킹카는 무슨! 달려드는 애들은 전부 내 돈 보고 달려들고 제대로 된 여자애를 못 봤네. 에구. 내 팔자야."

100조를 향해서

NEO MODERN FANTASY & ADVENTURE

Part 15-5. April showers bring my flowers

Part 15-5. April showers bring my flowers

"여자만 조건 따지는 게 아냐. 남자 놈들도 요즘 얼마나 영악한데… 쯧."

"아, 정말 순수한 여자애는 없을까?"

"네 놈이 심심하기는 심심한가 보네. 여자 타령이라니."

"뭐, 그렇지. 놀고 먹고 자고… 이 짓도 이제는 좀 지겨워졌어."

찬형은 한가하게 잡담을 하더니 불쑥 일어서서 가게를 천천히 둘러보기 시작했다.

겉으로는 한량처럼 굴었지만 그래도 50억 이상 투자된 곳이었다.

각종 인테리어 비용 및 시설 투자비는 처음 생각했던 것보다 더 늘어났는데 그 놈의 탐욕이라는 감정이 문제일 것이다.

예상했던 것보다 더 크게 일을 벌였던 탓이다.

자금은 AMC주식을 매각하면서 만들어낸 것이다.

찬형은 현수가 AMC그룹을 창업할 때 자신이 받은 작곡료 중 일부를 현금 대신 주식으로 가지고 있었다. 그러다 2년이 조금 넘은 시점에 성년이 되면서 10%중 8%의 주식을 현수에게 다시 매각하게 된다.

그 때 시점의 가치로 환산해서 95억원을 받았으니 친구 하나 잘 만나서 대단한 행운을 누린 것은 사실이리라.

물론 그 후, AMC그룹은 오히려 더 승승장구하면서 이제는 완전히 재벌 그룹이 되었으니 약간 부러운 생각도 없지는 않다.

그러나 찬형은 원체 이런 쪽에는 관심이 없던 아이였다. 또한 너무 젊었고 혈기 왕성한 나이이기도 했다.

'나쁘지 않아. 잘한 선택이야.'

찬형은 미어터지는 손님을 보면서 흡족한 마음으로 내심 웃었다. 비록 적지 않은 돈이 투자가 되었지만 성공을 했으니 불만이 있을 리 없었다.

이 때 옆에서 함께 걷던 준수가 한숨을 내쉬며 말했다.

"건물주가 어제 다녀갔어."

"응? 여기 건물주? 그 노인네가 왜?"

조를 향해서 5

"그게… 자기 아들이 놀고 있다고 갑자기 계약을 해지하자고 하더라."

"아니 미쳤나? 들인 돈이 얼마인데? 10년 계약하고 격년 단위로 월세 5%씩 인상해준다고 계약서 쓰고 도장 찍었는데 웬 난리야?"

"그런데 그게 생각처럼 만만치가 않아 보여. 찬형아."

찬형은 도저히 이해하기 어렵다는 눈빛으로 받아쳤다.

"형! 대체 무슨 뜻이야?"

"건물주가 온 것은 이번이 처음이 아니야. 지난 한 달 동안 4번이나 왔어. 딱 까놓고 현찰 20억을 줄테니 건물을 비워달라고 하더라. 그렇지 않으면 앞으로 힘들거라고 위협까지 하면서."

"협박이야? 내 참! 자기가 뭔데?"

준수는 답답한 듯 허공만 멍하니 바라보았다.

"그렇게 쉽게 생각할 문제는 아니야. 며칠 전에 데려 온 애들 보니 일반 양아치로 보이지 않았어. 그리고 내가 아는 애들 통해서 물어보니 그 놈이 여기만 건물을 가지고 있는 게 아니라고 하더라."

"그럼?"

"…전국에 이런 건물이 십여 개가 더 있고 정계쪽에도 상당한 인맥이 있다고 들었어."

찬형은 냉랭한 표정으로 비웃었다.

"정말 사람 짜증나게 하네. 세상 참."

"그렇게 쉽게 생각할 문제가 아닌 것 같아."

그렇게 다시 3일이 지났을 때, 결국 사건은 벌어지고 말았다. 갑자기 가게에 서너 명의 건장한 남자들이 하나 둘씩 패거리로 모이더니 온갖 핑계를 대면서 영업을 훼방 놓기 시작한 것이다.

아직 초저녁임에도 불구하고 그들 중 하나가 상의를 홀러덩 벗더니 징그러운 문신을 자랑하면서 이를 만류하는 웨이터에게 쌍욕을 했다.

"아니? 왜? 바깥에서는 옷 벗지 말라는 법 있어? 쌍?"

"손님? 하지만 미관상 그다지 보기가…."

"내 마음이야. 깝치지말고 어여 꺼져라. 아그야."

"자꾸 이러시면 가게 출입을 금지할 수도 있습니다."

"꼴갑은! 그러시든가. 큭큭."

"……."

분란은 겨우 이 정도로 그치지 않았다.

그들은 약속이라도 한 듯이 다양한 방법으로 영업방해를 했다.

그런데 사전에 지시라도 받았는지 교묘하게 법에 딱 안 걸릴 정도의 선에서만 행동했으니 전문가들이 분명해 보였다.

건물 입구에 자기들끼리 테이블 하나 갖다 놓고 포커를 치면서 가게로 들어오는 손님에게 위협을 가하는 거나, 당구장에서 고의적으로 당구공을 당구대 바깥으로 쳐내면서 손님을 놀라게 하는 것은 예사였다.

그 중 하이라이트는 아예 커피숍에서 화장실이 급하다고 로비에서 바지를 내리고 엉덩이를 깐 건달도 있었다.

"왜! 똥 마려워서 똥 좀 누겠다는데 니가 뭔데? 지랄이야? 콱!"

여자 웨이터는 차마 시선을 마주치지 못하고 어쩔줄 몰라했다.

"손, 손님! 이러시면 안 됩니다."

"왜? 생리 현상 좀 해결하겠다는 데 거 참! 요즘 애들 왜 이렇게 빡빡한거야? 뒤처리는 깨끗하게 해줄테니 좀 기다려 봐. 아가씨!"

"여기 카페 왜 이러니? 웬 양아치?"

"그래. 분위기 너무 안 좋다. 다른 데로 가자."

"그래. 무서워서…."

커피를 마시던 여자들은 당연히 이 미친 장면에 기겁을 하면서 대부분 피렌체를 나가기 시작했다.

"아! 씨발! 기집들 아주 삼삼하게 생겨서 어딜 그렇게 급하게 가는거야? 응?"

"대, 대체 왜 이러세요?"

"왜 이러기는? 어때? 오늘 오빠랑 하룻밤 잘래?"

"어머, 미쳤나 봐."

여자를 희롱하는 것 외에도, 일부러 고함을 치면서 가게 분위기를 점점 더 험악하게 변화시켰다.

그 때문일까?

즐기러 온 손님들은 당연히 우르르 빠져나갔다. 홍대에 놀만한 장소가 여기뿐이 아닌데 손님의 입장에선 십중 팔 구가 피하기 바빴다.

그 중 혈기가 넘치는 젊은 남자들은 깡패들의 훼방질에 반발을 하려다 패거리가 한 둘이 아님을 깨닫고는 고개를 돌렸다. 깡패들은 더욱 기고만장한 상태로 카운터를 향해 외쳤다.

"야! 웨이터! 여기 주문 안 받아?"

"……."

"어쮸? 니깟게 꼴아 보면 어쩔건데? 까부냐? 왜? 니는 팔팔한 청춘이라 이거여? 우짜냐? 무서워서? 씨발! 너 밤 길 조심해라! 조형진? 이름 외웠으니까. 큭큭."

❈

피렌체의 관리 직원은 사장인 준수에게 혀를 내두르며 현 상황에 대한 불만을 토로하면서 푸념했다.

"온 놈들이 한 둘이 아닙니다. 대충 봐도 이삼십명은 넘어 보입니다."

"제길! 많이도 보냈군. 애들한테 아무리 화나도 대응하지 말라고 미리 이야기 해 놔. 그게 그 놈들이 노리는 수니까."

"하지만 형님? 이러다 손님 다 빠져나가고 자칫하면 소문이 안 좋게 날 수도 있습니다."

"당분간이겠지. 자기들도 인간인데 계속 이러지 못 할 거야."

"차라리 영업 방해로 경찰에 신고하는 게…?"

"어떤 명목으로 신고해? 고작 욕한 것으로?"

"휴우!"

"그래봤자 훈방 조치야. 대한민국 법이 어떤지 잘 알면서 그래?"

"그럼 이대로 참고만 있어야 합니까?"

준수는 냉랭한 어조로 말했다.

"일단 기다려 봐. 찬형이에게 연락했으니 곧 올거야. 괜히 섣부르게 행동에서 놈들에게 약점 잡힐 필요 없어."

"알겠습니다."

※

찬형과 종우는 요즘 사회인 야구 동호회인 '블루 이글

스' 에 가입해 있었다.

어렸을 때부터 둘 다 운동 신경이 좋았던 그들은 때 마침 박찬호가 미국 L.A다저스에서 투수로 첫 활약하면서 한국에 야구 광풍이 불자 야구에 빠져 있었다.

종우는 다니던 회사를 그만두고 현수의 도움으로 AMC건설에 하청을 받는 작은 회사를 운영하는 중이다.

그러니 무미건조한 삶에 갑자기 여유가 찾아오자 둘은 일심동체인 것마냥 전국 방방 곡곡을 놀러 다니기 바빴다.

준수가 찬형에게 연락을 했을 때는 마침 제주도 전지 훈련을 가 있을 무렵이었다.

의례 월급쟁이가 그러하듯 괜히 걱정을 할까봐 그는 실제 상황보다 훨씬 더 축소해서 보고를 했었다.

그런 이유로 찬형은 야구 훈련에 대한 아쉬움도 있고 해서 예정보다 더 늦게 피렌체에 도착하게 된다. 하지만 닷새가 넘게 진행된 건달들의 영업 방해는 예상 외로 심각했다.

그 동안 참고 참던 준수측은 경찰에 연락까지 했지만 역시나 법은 주먹보다 멀었다.

놈들은 경찰서에 가면서도 당당하게 자신들은 손님이라고 끝까지 우길 뿐이었다.

그리고는 단지 가게의 서비스가 별로라 그저 잘되라는 의미에서 의견을 제시한 것이라면서 형식적인 조서만 썼다.

결과는 훈방 조치로 이어진다. 경찰도 그들의 목적이 어떤 것인지 뻔히 알지만 자기들로서도 해결 방법이 딱히 없다면서 손사래만 칠 따름이다.

그저 덧붙이는 말은 건물주와 임대인 쌍방이 원만한 선에서 타협을 하라는 구름 잡는 헛소리만 지껄였다.

그렇게 찬형이 피렌체에 도착했을 때 그 잘 나가던 피렌체는 예전과는 상전벽해처럼 달라져 있었다.

개미처럼 우글거리던 손님은 하나도 없었다. 그 대신에 수많은 깡패들이 자신의 집인양 피렌체를 점거해 있었고, 그 중 하나가 찬형이 등장하자 비웃음을 날렸다.

"야! 여기 장사 안 하니까. 꺼져라."

"……."

찬형은 대답을 하지 않았다. 그저 주위만 쓱 훑어 볼 뿐이다. 곧 비릿하게 입꼬리가 치켜 올려진다.

지금이야 착실하게 살고 있어도, 그는 어린 시절 그 누구에게도 지지 않았던 깡다구를 가진 아이였다.

1-2분 동안 이 말도 안 되는 끔찍한 광경을 훑어보더니 찬형은 아무 말도 하지 않고 되돌아갔다. 그는 계단을 내려가 폰티악 파이어버드가 주차된 주차장으로 향했다. 뒤에서는 깡패들의 조롱소리가 껄껄거리며 들려왔다.

"병신!"

"……."

"좆 달고 태어나서 쫄기는… 흐흐."

"……."

하지만 이런 서늘한 조소는 그리 오래 가지 못했다.

찬형은 입을 꽉 깨물더니 트렁크에서 평소 사용하던 알루미늄 배트를 꺼냈던 것이다. 이 장면을 보던 이종우는 친구를 급하게 만류했다.

"찬형아? 제정신이야? 너까지 이러면 어떻게 해?"

"놔! 넌? 내가 고아인 것은 알지? 내가 지금까지 이 세상을 살면서 느낀 점은 딱 하나다. 종우야."

"찬, 찬형아!"

"약하면 당한다는 거야. 굽신거리고 빌면 놈들이 봐줄 것 같지? 천만에! 이제 나도 내가 가진 것을 지켜야겠어. 돈 없어서 아버지가 약 한 첩 써보지 못하고 돌아가셨지. 그 후에 내가 어땠는지 알아? 학교가 끝나고 집에 돌아오면 바퀴벌레와 쥐가 득실거리는 판자집 구석구석을 신문지로 막는 게 내 일이었어. 정부에서 주는 기초 생계비 11만원으로 돈을 세면서 소로부 빵 하나와 우유 하나로 저녁을 때워야 했다. 그 때 내가 몇 살이었는 지 알아?"

"제발… 그래도 폭력은 안 돼."

"후후, 고작 14살, 중 2였어. 겨울만 되면 파카를 입고 그 위에 7겹으로 이불을 덮고 잤어. 넌 모를 거야. 난방이 안 되는 집의 추위가 어떤 지를. 상상을 못할 정도로 추워.

2-3시간에 한번 씩 반드시 깨게 되지. 그게 내 어린 시절 내 삶이었어. 큭큭! …이제 다시는 내 것을 잃어버리지 않을 거야. 다시는! 내가 죽는다 해도! 저딴 쓰레기들한테 절대 굽히지 않을거다. 넌! 빠져! 나 혼자 한다."

"야! 야! 야!"

"……."

"찬형아! 젠장!"

찬형의 눈가에는 살기가 감돌고 있었다. 평소 늘 다정다감하고 농담을 좋아하는 쾌활한 청년의 모습은 그 어디에도 없었다. 그 살기는 무서울 정도로 끔찍했다.

직감적으로 종우는 다급해졌다.

이종우 역시 중고등학교 재학 시절에 일진이었고 허구헌날 싸움만 한 놈이었다.

그는 찬형의 질식시킬 것 같은 눈빛을 보자 말려서 될 일이 아님을 깨닫고는 결국 몇 초간 망설이더니 자신도 야구 방망이를 들고 찬형의 뒤를 따라가야 했다.

"이건 무슨! 내 참! 홍콩 영화도 아니고! 미치겠네."

❋

찬형은 문을 거칠게 열었다.

그리고는 손에 쥔 알루미늄 배트를 카운터 박스를 향해

한 차례 휘둘렀다.

쾅!

소음은 크게 울려 퍼졌다. 깡패들이 진을 치고 있는 탁자에서는 몇 마디 욕설이 터져 나왔다.

이른바 쪽수가 월등히 많았기에 그들의 입장에선 그저 젊은 놈이 객기만 믿고 까부는 것으로 코웃음만 칠뿐이다.

어쩌면 그들이 일반인이라면 겁을 먹을 지도 모르겠으나, 불행히도 그들은 이런 싸움을 직업으로 삼는 이들이었다.

"뭐야?"

"뭐긴 뭐야. 여기 오너다. 퉤!"

"미친 놈! 어린 놈이 뒈지려고 환장했나. 야구 방망이 들고 뭐하는거여?"

"너 같은 새끼 때려 죽이려고 왜!"

"큭큭, 좋아. 어디 까봐! 자! 자! 머리 대줄테니 휘둘러봐. 방망이 들었다고 겁이라도 먹을 줄 알았냐?"

그런 그들 중 정말로 찬형의 앞에서 머리를 들이밀고 배째라는 식으로 깡패 하나가 빈정거렸다.

속칭 기 싸움이다. 하지만 찬형은 한치의 망설임조차 없이 방망이를 수직으로 휘둘러버렸다.

"그래. 까줄게! 그 대갈통 움직이지마! 쌍!"

"이, 이런! 미친 놈!"

"죽어!"

깡패는 정말로 방망이가 날아오자 황급하게 피했다.

뒤이어 나무 의자가 나뒹굴었고 주위에서 구경하던 패거리들이 일어서기 시작했다.

찬형은 다시 놈들을 보이는 족족 공격했다. 그 중 몇 명은 급하게 방어를 하느라 팔다리가 부러졌고 어떤 놈은 무릎을 맞아 펄쩍 뛰었다.

피가 튀고 살이 튀었다.

방망이는 허공을 붕붕 날면서 보이는 족족 부수고 박살냈다.

그리고 처음으로 깡패들 사이에서 당황한 기색이 엿보였다. 누군가 외쳤다.

"저 새끼! 잡아!"

이번에 피렌체를 내쫓기 위해 부른 이들은 대전에서 올라온 지방 조폭인 유성파였다.

그들은 이번 일이 몸을 쓰지 않을 거라 생각하고 회칼 따위의 치명적인 무기는 가져 오지 않았었다.

그러니 야구 방망이를 들고 조직원을 패는 찬형의 돌진에 허우적거렸던 것이다.

하지만 유성파는 자칭 깡에 살고 깡에 죽는 어둠의 식구였다.

고작 어린애한테 겁먹어서 도망가면 평생 얼굴을 들고 다니지 못할 것이 뻔했다.

"씨발! 이 꼬맹이 새끼가 감히!"

유성파의 조직원 중 하나가 기회를 보더니 테이블을 방패처럼 세웠다. 그는 고함을 지르면서 발광하는 찬형을 향해서 밀고 나갔다.

찬형이 주춤거렸다. 그리고 이 틈을 타서 뒤에서 서너명이 동시에 덮쳤다.

"이 씨발! 놔, 놔!"

"좆까!"

"다 죽인다! 이 개새끼들!"

"웃기고 있네. 병신!"

아무리 사납고 거칠어도 혼자서 다수를 상대하는 것은 만화에서나 볼 수 있는 일이다.

세상은 결코 호락하지 않다.

처음에는 기세 좋게 야구 방망이를 휘두르며 조직원 몇 명을 상하게 했지만 찬형은 서서히 얻어 맞고 있었다. 집단 구타가 시작되었다.

가장 먼저 방망이를 쥔 오른손목이 상대의 공격에 가격당했다.

극심한 통증이 이어졌고, 야구 배트를 놓쳤다.

뒤이어 등허리에 '서걱' 하면서 나이프가 들어오는 것

이 느껴졌다.

그는 본능적으로 몸을 180도로 비틀면서 바닥을 뒹굴었다.

허나 예리한 나이프의 칼날로 인해 옆구리에서는 피분수가 터졌고 선혈로 범벅이 되었다.

"찬형아!"

뒤에서 누군가가 고함을 치면서 달려들었다.

얼핏 보니 종우였다. 이종우 역시 야구 방망이를 손에 쥐고 마구잡이로 조폭을 까고 있었다.

허나 종우의 뒷편에서 이미 다른 층에서 소식을 듣고 달려온 유성파 조직원들이 물밀 듯이 달려들었다.

거대한 장관이다. 피렌체는 급기야 공황 상태에 빠지고야 만다. 그 옆으로 가게의 웨이터, 주방장, 관리 직원들이 어쩔 줄을 몰라 하며 발을 동동 굴러댔다.

그러면서도 그 누구도 얻어 맞고 있는 찬형을 향해 쉽게 도움의 손길을 내밀지 못했다.

찬형의 입장에선 이해는 하면서도 한편으로는 조금 서운한 마음도 들었다.

차츰 눈앞이 가물거렸다.

피를 너무 흘린 탓일까?

찬형은 흐릿한 의식을 억지로 부여잡았다.

그는 종우가 벌어준 시간을 이용해서 피범벅이 된 야구

배트를 재차 들더니 괴성을 질렀다.

"내 가게, 내 가게… 죽, 죽인다!"

"쯧, 요즘 애들 영화를 너무 많이 본 모양이군. 그런다고 누가 겁 먹냐? 앙?"

"오지 마! 오지 마!"

찬형의 앞으로 날카로운 눈빛을 뽐내며 남자 하나가 성큼 나섰다. 그리 큰 덩치는 아니지만 딱 벌어진 어깨와 여유로운 표정이 인상적이다.

그리고 결정적으로 주위의 조직원들이 피해주는 모양새로 미루어 이 패거리의 우두머리로 짐작될 따름이다.

남자가 서늘하게 경고했다.

"웬만하면 이 정도까지는 안 하려고 했는데 너무 까불었어. 꼬마."

찬형은 남자가 발걸음을 옮기자 혼신의 힘을 다해서 방망이를 휘둘렀다. 허나 남자는 상체를 숙이더니 섬광처럼 파고든 후에 돌려차기로 찬형의 면상을 여지없이 찍어 버렸다.

"크악!"

안면부에 미칠 것 같은 통증이 이어졌다. 찬형의 몸은 서서히 허물어지고 있었다.

남자는 그것으로 끝낼 생각이 없는지 연이어 다리 찍기로 찬형의 명치와 무릎을 무섭게 부쉈다.

찬형은 그렇게 쓰러졌다. 그는 분노했다. 넘어지는 그 순간까지도 너무 억울해서 피눈물을 토했다.

"대체 왜? …커억. 왜?"

"힘이 없는 것을 죄라고 생각해라. 그러게 왜 버텨? 왜? 성회장님이 20억 준다고 할 때 가게 뺐으면 이런 험한 꼴은 안 당하잖아? 안 그래?"

"커억, 당신들 잘못 봤어. 복, 복…수할거야…."

"이거 아주 웃기는 새끼네? 복수? 세상이 얼마나 높은지 아직도 모르나 봐. 쯧."

"으악! 으아악!"

"큭큭, 네 주제에? 꼴랑 가게 하나 있다고? 큭!"

"으아악!"

"꼴값은! 퉤!"

유성파 두목 백운걸은 마치 고양이가 쥐를 희롱하듯이 한심하다는 눈빛으로 찬형의 면상을 패고, 또 팼다.

피가 튀었고 이빨이 부러졌다.

뺨이 회전문처럼 돌아갔다. 정말 찬형은 잔인하게 밟혔다. 백운걸의 경험상 이런 놈은 철저하게 손을 봐야지 겁에 질려서 다시는 덤비지 못한다는 것을 알고 있었다.

뭐, 어쩌겠는가.

그 성동식 회장의 눈에 띄었으니. 이제 이놈도 한국 땅에서 제명에 살기는 쉽지 않아 보일 뿐이다.

꽃

　"어제 날짜 기준으로 기존 6만 계약에서 6만 계약을 더 추가해서 12만 계약으로 평균 단가 9840에 매입을 완료했습니다."

　마이클 강은 또렷한 어조로 엔달러 선물에 대한 포지션을 설명하고 있었다. 현수는 녹차를 마시면서 되물었다.

　"…증거금은 얼마를 더 넣었죠?"

　"이번에 한국에서 지분 일부를 매각한 자금이 꽤 많이 들어와서 7억 5천 5백만 달러 중에서 5억 달러를 추가로 이체 시켜 놓았습니다. 그러니 웬만한 충격을 받더라도 이겨낼 수 있는 적당한 포지션을 설정했습니다."

　"잘하셨어요. 지수 9768에서 매입을 했으니 어제 기준으로 4백만 달러 정도 손실인가요?"

　"네. 베팅 금액이 큰 편이라 이 정도는 감수를 해야 할 겁니다."

　"아, …손실 때문에 그런 것은 아니고 예상보다 엔화가 하락하지 않아서 좀 머리가 아프네요."

　"월가의 전문가들 컨센서스는 엔화 강세를 내년 초까지 이어질 것으로 보고 있더군요."

　"그래요?"

"네."

"근데 그 전문가의 말이 과연 믿을만 합니까? 특히나 이쪽 계통에 전문가라는 분들은….."

현수는 마음에 안 든다는 표정으로 마이클 강이 올려 놓고 간 보고서를 천천히 읽었다.

그다지 다른 내용은 없었고 여러 전문가의 의견이 담긴 엔달러 환율에 대한 전망이 실려 있는 보고서였다.

보고서는 그의 말대로 당분간 엔화 강세가 지속될 것이라고 적고 있었다.

그들은 엔화 절하의 요인으로 일본 정부의 지속적인 양적 완화 기조와 디플레이션 압박이 강해지는 점을 꼽았고, 반대로 엔화 절상은 매년 천억불씩 나는 무역 흑자와 달러 Carry Trade 유인 효과, 미국과 일본 증시 사이의 벨류에이션 논쟁을 포함시켰다.

그래서 복합적으로 볼 때 내년 초까지 현재 102엔인 환율이 90엔 중반까지 내려갈 것으로 추정한 리포트였다.

현수는 재밌는 표정으로 중얼거렸다.

'만약 이 보고서처럼 엔화가 강세가 되면 나는 쫄딱 망하는 것인가?'

하지만 그는 이런 보고서보다 미래에서 가져온 USB를 더 믿었다.

누가 이길지는 두고 봐야 할 것이다. 그리고 그가 이긴

다면 순식간에 전 세계에서 손꼽히는 부호의 반열에 오를
것이 확실했다.

100조를 향해서

NEO MODERN FANTASY & ADVENTURE

Part 16-1. Life is a zoo in a jungle

Part 16-1. Life is a zoo in a jungle

"찬형아. 찬형아?"

"……."

"찬형아?"

"으음."

눈을 떴을 때 시야에 잡힌 것은 근심 가득한 표정으로 서 있는 준수 형이었다. 그리고 눈부시도록 하얀 빛, 그 빛이 여과 없이 동공을 감싸오고 있었다.

"이제야 깨어났구나. 휴우, 걱정 많이 했는데…."

"아? 여기가 어디야?"

둔탁한 저음으로 반문하기 바빴던 찬형의 눈에는 흐릿하게 주위의 사물이 들어왔다. 하얀 벽, 푸른 환자복, 시큼

161

한 약품 냄새가 느껴졌다.

그는 살짝 상체를 꿈틀거렸다.

"병원인가요? 으윽!"

"그래. 안 돼! 움직이지마. 방금 수술 끝났으니까."

"…아?"

찬형은 외마디 중얼거림을 토해냈다.

아직 자신이 살아 있다는 사실을 깨닫게 된 것은 어이없게도 곳곳에서 쑤셔오는 통증 때문이었다.

눈가의 광대뼈와 인중이 심하게 아렸고, 가슴 왼쪽의 아랫부분은 호흡을 할 때마다 바늘로 찢어지는 느낌이다. 이런 그를 보면서 준수는 초췌한 표정으로 말했다.

"…전치 10주 나왔어. 코뼈 골절에 갈비뼈가 부서지고 칼에 3번이나 찔렸어. 어제 밤새 수술하고 이제야 마취에서 풀렸으니 움직일 때 조심해. 당분간은 거동이 불편하다고 의사가 그러더라."

"그 놈들은?"

"다 사라졌어. 경찰에 신고 했으니 좀 더 기다리면 어떤 결과라도 나오겠지. 의사 이야기로는 칼이 천만 다행으로 장기를 안 건드려서 이 정도로 그쳤지. 만약 재수 없었으면 장출혈로 크게 위험에 빠졌을지 모른다고 했어."

"어휴! 개자식들!"

"미안하다. 내가 나섰어야 하는 데… 나도 가정이 있는 몸이라서…."

"아냐. 괜찮아. 형은 월급쟁이잖아. 내 가게인데 내가 책임져야지. …그보다 가게는 어때? 괜찮아?"

"도저히 방법이 없어서… 당분간 인테리어 공사로 폐업한다고 써 붙이고 일단 문 닫았어. 직원들은 당분간 휴가로 나오지 말라고 했고."

"잘했어. 근데 종우는 어디 있어? 나 도와주러 온 것까지만 기억이 나는데…."

준수는 순간 말을 더듬더니 눈빛을 회피했다.

"그게…."

"왜 그래?"

순간 불길한 예감에 찬형은 억지로 상체를 일으키면서 언성을 높였다. 준수는 억지로 목소리를 쥐어짜내며 말했다.

"종우 지금 중환자실에 있다."

"중환자실이라니? 대체 무슨 소리야?"

"놈들에게 얼마나 맞았는지 크게 다쳤어. 뇌출혈이 심한데다 무릎이 완전히 박살났다고 하더라. 수술실에 들어간지 벌써 7시간이 넘었어. 너는 종우에 비하면 운이 좋은 거야."

"설마? 누가 그런 거야? 누가?"

"누구기는 누구야. 그 새끼들이지."

"……."

잠시 조용한 정적이 환자실을 뒤덮기 시작했다.

분노와 아픔, 그리고 괴로운 감정이 물밀 듯이 밀려들었다.

왜일까?

가슴이 심하게 아렸다.

자신을 이렇게 만든 적에 대한 복수심보다는 종우에 대한 까닭 없는 죄책감이 먼저 떠오른 것이다. 마치 셀 수 없이 많은 벌레가 육신을 갉아 먹는 것 같은 고통이었다.

그런 탓에 찬형은 대화를 더 이상 지속할 기운이 없다는 사실을 깨달아야 했다. 자신 때문에 죄 없는 종우까지 이 싸움에 말려들어 인사불성으로 중환자실에 누워 있다고 하자 눈물이 그렁그렁 고였던 것이다.

그렇게 대강 1시간이 더 지났을 그 시점에 저 멀리 중환자실에서 종우가 실려 나왔다.

"형? 종우는?"

"내가 알아 보고 올게. 잠시 기다려."

"응."

준수가 사라졌고 다른 병실의 종우 어머니와 이야기를 나누고 돌아온 준수가 다가와 앉자. 찬형이 참지 못하고 질문을 던졌다.

"어떻게 되었어? 종우는? 응?"

"뇌수술은 잘 끝났데…."

"아… 다행이네. 정말 다행이야."

"그런데 다리가 문제인 것 같아."

"무슨 소리야? 다리라니?"

"의사 말이 무릎 연골이 망가져서 철심을 여러 개 박았는데 경과가 잘 나와도 앞으로 한쪽 다리를 절 가능성이 높데."

찬형은 거의 미친 듯이 절규를 했다. 청천벽력 같은 소리였다. 철심이라니? 다리를 절다니?

"안, 안 돼! 거짓말 하지 마!"

"찬형아. 일단 침착하고 기다려 보자."

"……."

"……."

"모두 나 때문이야. 내가 그 때 욱하지만 않았어도. 그 깟 돈이 뭐라고… 준수 형! 돈 아무리 들어도 좋으니 종우 좀 부탁할게. 응? 우리 종우 다리 좀 정상으로 돌려놔줘. 응?"

"그, 그게…."

순간 눈앞이 캄캄해져 왔다. 이제야 좀 먹고 살만 해졌는 데… 어떻게 이렇게. 찬형은 알다시피 고아다. 당연히 세상에 그를 돌봐줄 친지 하나 없었다.

이 세상에 그를 위해서 울어 줄 친구라고는 현수와 종우가 유일했다. 멍한 느낌이다. 아니 너무 아팠다.

친구가 자기 때문에 장애인이 된다는 것은 한 평생 큰 회한으로 남을 것이 분명했다. 다시 그는 지푸라기라도 잡는 심정으로 부탁했다.

"형? 종우… 이제 고작 20대야. 나 때문에 평생 장애인으로 사는 모습을 어떻게 봐. 응?"

"아무튼 노력해 볼게. 그러니 너도 푹 쉬어."

"부탁할게. 알았지?"

✳

박운규는 연일 야근으로 지친 몸 때문에 줄담배만 태우면서 운전을 하는 중이다.

그렇게 졸린 눈을 비비고 덜덜거리는 구식 소나타를 몰면서 도착한 곳은 신촌 세브란스 병원의 외과 병동이었다.

그는 세브란스 병원에 주차를 하면서 보조석에 앉아 있는 후배인 김형진을 향해 강한 불만을 토해냈다.

"젠장, 가뜩이나 관내 살인 사건으로 바빠 죽겠는 데 내가 이런 사건까지 맡아야 하는 이유는 뭐야? 안 그래?"

"후후, 어쩌겠습니까? 지시인데."

"보나마나 반장이 뒤에서 수작 좀 부렸겠지. 툇!"

"선배님이 참으세요. 이반장에게 찍히면 앞으로 일하는데 힘들다는 건 아시잖아요?"

"에잇! 빽없는 놈은 이래서 힘들다니까."

마포 경찰서 강력계에 근무한 지도 벌써 15년이 넘었다. 처음에 박운규에게도 경찰에 대한 자부심도 강하고 대나무와 같은 꼿꼿한 그런 기백도 존재했다.

하지만 그것은 모두 과거의 이야기였다.

환경이라는 거대한 늪은 서서히 타성에 물들어 점점 더 젊은 시절의 순수함을 잃게 만든다.

그 늪은 무엇이든 집어 삼키고 인간의 본성을 변질시켜 버렸다.

힘든 업무, 위험한 일, 지루한 야근, 그리고 부족한 경제력까지.

그리고 현재 그는 적당히 부패하고, 적당히 일 잘하고, 적당히 봐줄 줄도 아는 그런 능글맞은 형사가 되어 있었다.

원래는 박운규는 이 사건을 맡을 생각이 전혀 없었다. 하지만 사건과 연관된 성회장이 문제라면 문제일 것이다.

위에서는 과거 성회장의 일에 앞장서서 도움을 주었던 박운규가 적임자라 보고 배당을 한 것이다.

그는 입술을 질끈 깨물었다.

반장에게 뒤에서 투덜거리기는 했지만 조직의 특성상

그냥 반발일 뿐이다.

그는 복도를 따라서 걷다가 마지막 병실에서 멈췄다.

"여기인가? VIP 병실?"

"VIP 병실이라? 돈 좀 있는 놈인가 본데요?"

"그러겠지."

준수는 형사 일행을 보자 약간 의구심 어린 눈빛으로 쳐다 보면서 물었다.

"어떻게 오셨습니까?"

"마포 경찰서에서 나왔습니다."

"아, 네. 이쪽으로 앉으시죠."

박운규는 간단히 자신과 동료의 신분증을 준수에게 보여주었고, 노련한 표정으로 주위를 둘러보면서 입을 열었다.

"상황은 이미 알고 왔습니다. 그보다 많이 다친 것 같군요. 괜찮은가요?"

찬형은 잠에서 깨어나 형사 둘을 보면서 분개한 모습으로 말했다.

"몸은 괜찮아요. 그보다 최대한 빨리 그 새끼들을 잡아 주십쇼. 무단으로 가게에 침입해서 영업 방해하고 나와 내 친구를 이렇게 만들었습니다."

"자, 잠시 진정하시고. 어제 피렌체에서 신고한 것처럼 피렌체를 무단으로 점유하고 영업 방해에 폭력을 쓴 사건에 대해서는 지금 조사 중에 있습니다. 그러니 사건이 해결되는 데로 다시 두 분을 부르도록 하겠습니다."

"빨리 그 놈들 잡아주세요."

"근데 그건 그거고. 그 쪽에서도 당신과 당신 친구를 가해자로 지목해서 폭행을 당했다고 신고를 접수했습니다."

그러자 묵묵히 대화를 듣던 준수가 어이없다는 듯이 대뜸 참견했다. 어이가 없어서였다.

"네엣? 아니! 그 놈들 어떻게 뻔뻔하게 그럴 수 있죠? 이봐요. 형사님들? 엄연히 야밤에 발생한 집단 폭력입니다. 그 쪽은 수 십명이었고 이 애들은 단 둘이었어요. 피해자가 엄연히 있는 데 신고를 하다니? 이게 무슨 말도 안 되는 소리입니까?"

"진정하세요. 그쪽이 가해자는 맞지만 그와 동시에 피해자이기도 합니다. 이럴 경우 따로 진행이 됩니다. 쌍방폭행이라는 겁니다."

"무슨 말도 안 되는 헛소리를!"

형사는 냉소를 터트리면서 서늘하게 말했다.

"일단 그 쪽 이야기는 술집에서 술 마시는 데 갑자기 당신과 당신 친구가 야구 배트로 위협하고 다짜고짜 공격을 했다고 하더군요. 아닙니까?"

"그, 그거야. 건물주 쪽에서 조폭으로 보이는 놈들 수십명을 가게에 보내서 고의로 훼방을 놓고 손님을 내쫓다 보니 빠쳐서 그런 겁니다. 그게 뭐가 문제라고 그럽니까?"

"이봐요. 젊은 친구? 법은 미안하지만 아주 냉정합니다. 그런 감정 섞인 자질구레한 이야기를 법정에서 판사가 들어줄 것이라 생각합니까?"

찬형은 인상을 있는대로 찡그리면서 반박했다.

"그럼! 건물주인 성동수를 만나서 물어 보면 될 것 아닙니까?"

"이미 여기 오기 전에 이야기를 나눠 봤습니다."

"뭐라고 하던가요?"

"그 쪽에서는 무슨 소리냐면서 펄쩍 뛰던데요?"

찬형은 기가 막히다는 듯 인상을 쓰면서 핏대를 올려 세웠다.

"우와, 미치겠네. …좋아요. 다 좋아. 뭐, 내가 먼저 그 놈들을 먼저 친 것은 사실이니까. 다른 것은 다 참을 수 있어요. 하지만 내 친구가 놈들에게 집단 구타를 당했소. 그리고 잘못하면 장애인이 되어서 평생을 일어나지 못할지 모릅니다. 그러니 도망친 그 새끼들을 어떤 일이 있어도 잡아 주세요."

"어허. 그건 당신이 뭐라고 안 해도 우리 쪽에서 알아서 할 거요. 대한민국 경찰이 그리 우습게 보입니까? 쯧! 아무튼 당신이 맞았다는 놈의 외모가 어떤지 기억할 수 있겠습니까?"

"그걸 어찌 기억합니까? 그 촉박한 순간에! 형사님이라면 기억하겠습니까?"

"좋아요. 그런데 그 때 그 자리에 있던 사람들이 워낙 많아서 누가 당신을 때렸는지 찾기가 힘든 상황입니다. 유일한 방법은 CCTV를 분석하는 것인데 그마저도 화질이 너무 안 좋아서 신원 파악에 어려움이 있습니다."

"그래서요?"

"어쨌든 당신도 몸이 어느 정도 회복이 되어서 돌아다닐 정도가 되면 경찰서로 출두를 하셔야 됩니다."

"알겠습니다. 그런데 나를 이렇게 만든 놈들이 어떤 조직인지는 나왔습니까?"

"글쎄요? 아직 수사 중인 사건이라 그쪽에 이야기하기가 어렵네요. 몸조리 잘하고 다음에 보도록 하죠."

찬형은 결국 인내심의 한계를 느껴야 했다.

딱 봐도 무언가 숨기는 구석이 역력했던 탓이다.

어린 시절부터 비바람을 맞으면서 온갖 세상의 거친 꼴을 다 겪었던 그가 어찌 그 사실을 모르겠는가.

막상 믿었던 경찰까지 그들의 편이라 느끼자 심장의 혈관이 콱 막히는 그런 막막함이 느껴졌다.

시민의 지팡이?

개소리하고 있네. 속에서 욕이 튀어나왔고, 비웃듯이 조소를 날렸다.

"그러겠죠. …대단하신 경찰관 나으리."

"뭐? 대단? 이 자식이 진짜!"

박운규와 함께 온 김형진 경장은 칼날과 같은 또릿한 어조로 바로 받아쳤다.

"아직 젊어서 그런가? 이 봐? 돈 많아서 홍대에 그 정도 가게 운영하고 맨날 기집이랑 떡이나 치고 다니니 세상 천지에 무서운 게 없다고 생각해?"

"왜요?"

"너 하는 꼴 보니 불쌍해서 힌트 하나 주지."

"……"

"같잖은 혈기로 나대지마. 적당한 선에서 끝내는 게 네 인생을 위해서 좋을 거야."

찬형은 서늘한 목소리로 비꼬듯이 대답했다.

"쯧, 고맙소. 나 걱정해줘서."

✳

엔달러 선물 투자로 묶인 금액은 무려 8억달러에 달했다. 또한 이제 남은 현금은 2억 5천 5백만 달러였다.

그렇게 고민을 하던 현수는 1억 2천만 달러를 마이크로소프트에, 시스코에 다시 5천만 달러, 야후에 3천만 달러를 집어넣기로 결정을 내렸다.

이른바, 분할 매수라 할 수 있다.

물론 주식을 매입할 때 가장 효과적인 방법은 최저점에서 매입하는 것이지만 주가의 미래를 모르는 경우에는 큰 리스크를 안게 되고 잘못하면 쪽박을 찰 경우도 심심치 않게 존재했다.

　그러기 때문에 '조금 덜 먹더라도', 분할로 꾸준히 주식을 매입하는 방식이 선호를 받는 것이다. 이익은 적게 날지 몰라도 그 대신에 위험에서도 어느 정도 분산이 되는 까닭이다.

　특히나 현수처럼 거액을 움직이는 투자자들에게 이런 방식의 계단식 분할 매수는 효과적인 방식임은 부인하기 어려울 것이다.

　그런 현재 미국 내 그의 자산은 아래와 같다.

Yen-dollar futures trading : $ 795,890,140

Account : $ 255,350,600

Cisco Systems Inc : $ 153,200,500(38%UP)

MicroSoft Corp : $ 120,000,000

Yahoo Corp : $ 103,428,910(29%UP)

Gaumont Multimedia : $ 490,000,000

E-bey Corp : $ 7,000,000

Total : $ 1,924,870,150

'19억 달러'

현재 기준으로 환산 평가된 가치는 대충 1조 5천억원 정도였다. 이 금액은 한국의 그가 보유한 AMC그룹의 지분은 제외한 금액이었고 부채는 단 한 푼도 없었다.

✱

빌 클린턴은 자못 진지한 표정으로 두꺼운 보고서를 읽고 있었다.

그리고는 천천히 비서실장인 존 헤롤드에게 지친 표정으로 자문을 구했다.

"이것이 전부 사실인가?"

"…네. 하지만 이 정도는 어느 기관이나 충분히 있을 수 있는 일입니다. 또한 힐러리 여사가 한 과거의 문제도 어찌 보면 큰 문제가 아닌데 굳이 이럴 필요가 있을지?"

"그건 자네 생각인 것이고. 이제 대선이 바로 앞이네. 공화당은 아주 작은 허점만 보여도 핀셋으로 그 구멍을 찢어 발겨서 크게 만드는 데 뛰어난 전략가들이라는 것을 정녕 모르나?"

존 헤롤드는 경직된 표정으로 동의했다.

"물론 그렇긴 하지만…."

"공화당의 정부 감독 계획 위원회 의장인 윌리엄 클링

거가 그 2件 을 대대적으로 터트리기 위해서 준비에 한창 이라는 게 맞다고?"

"네. 사람을 써서 비밀리에 조사해보니 청문회를 대비해서 치밀하게 자료를 만들고 있다 합니다."

클린턴은 묘한 눈빛으로 답답하다는 표정을 보였다.

"그래서? 우리가 해야 할 일은?"

"몰랐으면 당했겠지만, 다행히 먼저 알았으니 빠르게 조치를 하는 중입니다."

"무슨 조치?"

"먼저 네크워크 전문가를 불러서 백악관에서 그 동안 조회했던 FBI 의 개인정보 열람 흔적을 완벽하게 지웠습니다."

클린턴은 보통 때와 달리 냉철한 태도를 유지하면서 날카롭게 반문했다.

"절대 꼬투리가 잡혀서는 안 돼."

"명심하겠습니다."

"그리고 우리 와이프 문제는 어떻게 진행이 되고 있나?"

100조를 향해서

NEO MODERN FANTASY & ADVENTURE

Part 16-2. Life is a zoo in a jungle

Part 16-2. Life is a zoo in a jungle

"93년에 힐러리 여사의 측근을 백악관에 고용하기 위해 백악관의 여행 의전 담당 7명에게 압력을 넣어서 해고한 문제는 결국 증인이 관건인데… 이게 좀 애매한 상황이라…"

"뭘 어렵게 생각하나? 그 당시 물적인 증거는 없다고 분명히 말하지 않았어? 아니야?"

"물론 그렇습니다."

"그럼 간단하게 과거에 백악관에 근무한 친구들 중 관련 업무 관계자를 찾아가 입막음을 시키게. 그게 돈이 되었든 뭐가 되었든 어떤 일이 있어도 다음 청문회에서 이 사건이 공론화되는 것을 나는 원치 않아. 총이 있으면 르윈스키 섹스 스캔들로 나를 공격한 공화당의 멍청한 놈들

대가리에 쏴죽이고 싶은 심정이야. 알겠나?"

"네. 명심하겠습니다."

"그래. 그래야 될거야. 자네가 지금 그 자리에 있어야 되는 이유를 스스로 증명해야 할 유일한 기회야."

"최선을 다하겠습니다."

비서실장이 물러나자. 클린턴은 간만에 의자에 고개를 젖히고 잠시 휴식을 취했다.

지난 2주간 그는 비밀리에 비서실장에게 지시해서 미래 뉴스에서 언급된 두 개의 사건에 대해 조사를 시작했다.

처음에는 반신반의했지만 차츰 시간이 지나면서 - 미래 뉴스에 적힌 파일 게이트와 트레블 게이트의 실체가 밝혀 지면서 꽤 놀라지 않을 수 없었다.

그도 그럴 것이 이 두 가지 사건에 대해서 공화당의 실세인 윌리엄 클링거가 상당 부분 인지를 하고 있다는 점이 었다.

어디 그 뿐인가?

이미 다음 청문회를 대비하여 의회 질의서까지 준비하는 단계에 왔다고 했다.

이것이 의미하는 바는 간단하다.

다음 대선을 겨냥해서 철저하게 흠집을 내고, 득표율을 깎아 내겠다는 치밀한 계산이 얽혀 있었던 것이다.

국민의 눈에 이 두 가지 사건이 언론을 통해서 쟁점화가 되는 그 순간부터 공화당에게는 무조건 이득이었기 때문이었다.

그러니 클린턴으로서는 아예 꼬투리 자체가 안 잡히게 철저하게 제거를 하는 방식이 최선이라 느꼈다.

파일 게이트는 백악관의 행정부 직원들이 그들의 편의와 혹은 여러 이유로 FBI의 개인 신상 정보를 무단으로 열람한 것을 의미한다.

또한 트레블 게이트는 1993년 힐러리가 여행 의전 담당 백악관 직원 7명을 해고시키고 그 자리에 자신의 측근을 앉힌 사건이었다.

빌 클린턴은 이리저리 생각을 정리하면서 중얼거렸다.

"그래도 다행이군. 미리 대비할 수 있어서….."

FBI 개인 정보 무단 열람은 네트워크 로그인 흔적을 아예 없애버렸고 백악관 직원 해고는 그 당시 前 백악관 직원을 만나서 입막음을 할 것이다.

대통령이라는 자리는 그 어떤 위치보다 무겁고 진중해야 했다. 경제, 사회, 외교, 안보까지 무엇 하나 소중하지 않는 분야가 없다. 하지만 빌 클린턴 개인의 입장에서 보면 또 다르다 할 수 있다.

사실 클린턴에게 지금 가장 중요한 것은 이스라엘과 이란의 신경전이나, 국내 물가 및 고용 불안 따위가 아니다.

그보다 이제 곧 다가오는 대통령 선거에 온 초점을 맞추고 있다는 것이 더 정확할 것이다. 다음 행사를 위해 시계를 확인하던 그는 화장실을 가기 위해 일어섰다.

그러다 이 사건을 미연에 방지하게 만들어 준 정체가 불분명한 그 주인공을 만나보고 싶다는 충동이 들었다.

클린턴은 테이블 위에 놓인 인터폰을 손가락으로 가만히 눌렀다.

"그 누구지? 앤서니 슬라마 의원에게 연락 좀 해봐."

"네."

＊

"휴우 …사채라니. 미치겠군."

정재형은 차마 문을 두드리지 못했다. 허름한 문패 앞에 쓰여진 '一心캐피탈'이라는 글자에 그의 몸은 결국 얼어붙고 만 것이다.

그렇게 몇 분간을 멍하니 서 있다가 발걸음을 다시 돌렸다. 어차피 그가 필요한 돈의 단위는 십수억 이상이다. 가만히 생각하니 사채 사무실까지 와도 해결이 불가능한 금액이었다. 그러니 자연스럽게 허탈한 감정만 들뿐이다.

그는 공중전화로 들어가서 작은 수첩을 꺼냈다. 뒤이어 친한 친구를 대상으로 전화를 돌리기 시작했다.

- 그래. 그러니까 딱 한 두 달만 쓰고 줄게. …그럼, 롯데에 잠시 미수금이 걸려 있어서 그렇지. 걱정하지 않아도 돼. 얼마? 응, 그게. 한 십억 정도, 아니. 몇 억이라도 안 될까? 그래. 알지. 알아. …네 사정을 왜 모를까. 응. 괜찮아. 뭐 어쩔 수 없지.

- 종구 형! 요즘 사업 잘 된다며? 아 진짜! 지난번에 만났을 때 여유 돈 생겼다고 건물 하나 산다고 하지 않았소? 건물 대신에 내가 이자 톡톡히 쳐줄테니 좀 빌려주면 안 될까? 아? …와이프쪽 돈이라고?

- 그래. 그래. 형 사업 잘 되니까. 걱정 말고. 암, 네가 생각하는 것처럼 그런 건 아니니까. 하하, 그래. 나중에 시간 되면 소주라도 한잔 하자. 자식!

벌써 여러 통 전화를 돌렸지만 예상대로였다.
재형은 평소 성격이 활발하고 호방한 탓에 인맥이 넓은 편이었다.
그가 방금 전화를 건 이들은 호형호제할 정도로 친분이 두터웠고 재력도 나름 괜찮은 친구들이었다. 하지만 정작 돈 이야기를 꺼내자 생각했던 것처럼 상대의 반응이 긍정적이지 않았다.

그렇게 전화기를 끊자 가슴이 횅하니 뚫린 것 같은 그런 공허함이 감싸오고 있었다.

이해는 한다. 그가 그들의 입장이었어도 이해를 했을 것이다.

아무리 친구가 좋다 해도 자신이나 가족보다 우선일 수는 없을테니까. 그럼에도 평소 우정을 그토록 중시하던 그들이 정작 돈 이야기를 꺼내자 싸늘하게 변하는 이중적인 모습에 적지 않은 상처를 받은 것도 사실이다.

억지로 스스로를 합리화시켰다. 그래. 이해를 해야지.

모두 내 탓인 것을 친구에게 돌릴 필요는 없었다. 거기다 그가 빌려야 할 돈은 고작 몇 백, 몇 천만원 수준이 아니었다.

확실히 웬만한 재력이 아니면 쉽지 않은 금액이다. 그는 이성을 참지 못하고 버럭 화를 냈다.

"나쁜 놈들! 롯데 나쁜 새끼들!"

악이 바쳤다.

어찌 인간으로서 이러는 지 이해가 안 되었던 것이다. 그토록 큰 기업이 약자인 중소기업에게 당연히 줘야 할 물품 대금을 주지 않고 튕기는 모습에 어이가 없을 뿐이다.

그는 가게로 들어가 소주 한 병을 산 후, 길거리 벤치에서 소주를 닥치는대로 들이 부었다. 어린 시절에는 아버지가 술에 떡이 되어 들어오는 그 광경이 도저히 이해가 되지 않았던 적이 있었다.

당시에는 쓰디쓴 저 술이 뭐가 그리 좋은지 저럴까 매번 투덜대었던 것 같다.

그런데 이제 그가 그 때의 아버지 세대가 되자 조금은 감정 이입이 되었다.

세상이 무너지는 것 같은 절망적인 심경을 느끼기 싫었던 것이다. 다행스럽게 알콜은 쉽게 정신을 지배하고 있었다.

아픔, 괴로움, 먹먹함, 고통까지 흐릿하게 없어졌다.

그러다 순한 재동의 얼굴이 떠올랐다.

어린 시절 과거가 겹쳐진다.

몇 번이고 주저를 했지만 큰형의 마지막 말이 자꾸 눈앞에 거슬리는 것은 왜일까.

그는 절대 허튼 소리를 하는 인물이 아니다.

재형은 그냥 오랜만에 동생의 목소리라도 듣고 싶은 생각에 다이얼을 돌리기 시작했다.

얼마 후, 젊은 아가씨의 목소리가 저 멀리서 들려온다.

"네. 청담동입니다."

"아. 거기 혹시 재동이 집 아닙니까?"

"정 회장님요? 잠시 외출하셨는데 어떻게 하죠?"

"아? 그, 그래요? 그럼 제수씨라도 있습니까?"

"네. 잠시만요. 바꿔드리겠습니다."

"여보세요?"

"아? 제수씨? 나 재동이 둘째형 재형이오."

"오랜만이네요. 아주버님. 그런데 어쩐 일로?"

재형은 술 때문에 얼떨떨한 기분보다도 솔직히 지금 상황이 더 적응하기 힘들었다.

회장님? 이게 대체 무슨 소리인지? 그런 의아함도 잠시, 다소 냉랭한 재동 부인의 말투에 그는 헛기침을 하며 용건을 끄집어냈다.

"험험. …다른 게 아니라 재동이와 통화를 좀 하고 싶은데 집에 없다고 해서…."

"요즘 그이가 좀 바빠서요. 정 급하면 핸드폰 번호라도 알려드릴까요? 아주머니?"

"그러면 좋구요."

"011-2348-3219에요. 여기로 전화하면 바로 통화 가능할 거에요."

"알겠소. 그럼."

전화를 끊은 재형은 물끄러미 핸드폰을 보더니 기가 막힌 듯 슬쩍 웃었다. 아직 지금 이 시대에 핸드폰은 고가의 물품이었던 탓이다.

그는 모호하게 눈을 깜박이다가 재동의 핸드폰으로 전화를 다시 걸었다.

역시나 재동은 예전이나 지금이나 똑같이 구수한 말투로 못난 형을 환대해준다.

솔직히 그의 태도에서 약간이라도 거리감을 느끼는 말투를 드러냈다면 아무리 사정이 급해도 더 이상 대화를 지속시킬 용기가 없었으리라.

하지만 재동은 그가 얼굴을 보자는 이야기에 군말하지 않고 저녁에 청담동 집에서 만나기로 약속을 정했다.

✳

'…이사를 갔나?'

사우나에서 몇 시간 휴식을 취한 후, 제정신을 차리고서야 그는 자가용을 몰고 강남으로 향했다.

재동이 가르쳐준 위치대로 강남구청 사거리에서 계속 내려간 후, 압구정동 갤러리아 사거리 부근에서 주택가가 즐비한 골목으로 우회전해서 진입했다.

확실히 대한민국의 신흥 부촌답게 주택들은 하나 같이 고급스러운 위용을 보여주었다.

덕분에 재동은 약간 기가 질린 상태였다. 그가 도착한 곳은 그런 주택가에서도 가장 큰 저택이 위치한 곳이었다.

"여기가 맞나? 아까 그 카페에서 오른쪽 사거리에서 꺾고 200m 지나서라고 했는데…."

차를 정지시키고 바라본 저택은 거의 3m 에 달하는 담벼락이 끝없이 이어진, 마치 유럽의 작은 성을 축소시킨 그런 모습이었다.

현대에서 생산된 마르샤를 그 옆에 주차시킨 후, 한창을 두리번거리던 재형의 앞으로 누군가가 걸어왔다. 재동은 반갑게 미소를 얼굴에 드러내며 인사를 했다.

"형님! 이제 오셨소. 하하."

"오랫만이네. 그동안 얼굴 때깔이 좋아진 것 보니 잘 살았나 보구나."

"그럼요. 잘 지냈죠. 그보다 뭐해요? 일단 들어오세요."

"아, 그래. 들어가야지."

"형님이 온다고 해서 모처럼만에 정신없었소."

"정신은 무슨…."

"아무튼 이게 얼마만이오. 같은 서울 하늘 아래 사는 데 이렇게 자주 왕래하면 얼마나 좋습니까?"

재동은 연신 환한 빛으로 재형을 그의 집으로 이끌었고, 그 때서야 재형은 이 거대한 저택이 재동이 거주하는 곳임을 알아챘다.

얼굴은 여전히 평온했으나 동공 깊은 곳에는 미세한 떨림을 감출 수 없었다. 푸른 수목으로 된 정원과 아늑한 연못, 화려한 테라스가 눈에 들어온다.

그렇게 둘은 가볍게 이야기를 나누면서 집으로 들어갔

다. 집 안에는 재동의 와이프와 둘째 아들 현민, 그리고 젊은 남자와 여자, 아줌마 여럿이 시립해 있었다.

"안녕하세요? 작은 아버지?"

"어? 벌써 이렇게 많이 컸구나. 어디보자. 현민이 맞지?"

"네."

"그래. 현수는 예전에 한번 봤고."

"오랫만이네요. 아주버님."

"제수씨도 오랜만이군요. 그런데 이쪽은?"

서로 간에 간단한 인사말을 주고받는 그 와중에도 약간의 어색함이 흘렀는데 그도 그럴 것이 근 몇 년만의 왕래였던 탓이다.

재형의 질문에 재동의 부인은 눈을 반짝 빛내더니 소개를 시켜주었다.

"이쪽은 저희 집 관리하시는 분, 이 분은 기사님, 저쪽은 요리사님이에요. 그리고 나머지는 가정 도우미죠."

"아. 그래요? 그 동안 내가 모르는 많은 일이 일어났나 보네요."

"호호. 그럼요."

이를 지켜본 재동은 와이프를 살짝 흘기면서 즉시 재형의 와이셔츠를 현관 안으로 잡아끌었다.

"형님. 일단 들어오세요."

"그래."

집은 한 눈에도 보아도 무척 넓었고, 세련되었으며 품격이 느껴졌다. 마감재 하나하나는 물론이고 색감까지 딱 보아도 상당히 공을 들인 느낌이 나는 인테리어였다.

특히나 고도가 거의 3미터 가까이 되었기에 굉장히 탁 트인 느낌이었는데 벽 곳곳에 붙여진 미술품과 도자기들이 예술적인 다채로움을 선사했다.

거대한 소파에 앉은 재형은 재동을 보면서 아까부터 느꼈던 궁금증을 말로 표현 할 수밖에 없었다.

"이게 어떻게 된 일이냐? 재동아?"

"어떻게 되기는요. 아들 놈 잘 둬서 그런 것 뿐이오."

"아들?"

"뭐, 다른 것은 별 것 없으니 괜히 그런 이상한 도깨비 눈으로 쳐다보지 마쇼. 그보다 바로 식사를 하시겠소? 아니면 술상부터 볼까요?"

"밥은 괜찮고 술이나 좀 마시자. 제수씨! 부탁 좀 할게요."

"그럼요. 아주머니."

몇 마디 다시 서로의 안부가 오고 간 후, 재동이 의아한 표정으로 입을 뗐다.

"근데 어쩐 일입니까? 몇 번 연락을 먼저 해도 사업 바쁘다고 항상 핑계만 대던 형님이?"

"바쁘기는 바빴지. 사업 때문에 정신이 없었으니까."

"가구 공장은 어때요?"

"그냥. 죽지 못해 살지 뭐. 아무튼 이제야 이야기하는데 예전에 너를 박대하던 기억 때문에 성인이 되어서도 쉽게 너에게 다가가지 못했던 것 같아서 미안하구나."

"그만하쇼. 다 옛날 일 아닙니까? 돌아가신 부모님이 우리들 모습 보면 뭐라고 하겠습니까? 딴 소리 마시고… 자! 한 잔 받으세요."

"그럴까?"

술상은 의외로 소박하면서 조촐했다.

허례허식을 싫어하는 재동이 평소 애용하는 위스키와 마른안주, 과일만 내놓으라고 주방에 미리 이야기했기 때문이다.

재형은 주위를 둘러보면서 허탈한 듯 그 자리에서 독한 위스키만 연달아 들이키고 있었다. 재동은 둘째 형의 모습에 부드러운 미소를 보이며 말했다.

"천천히 드세요. 아직 시간 많소. 간만에 왔는데 벌써부터 취하면 되겠소? 재형이형? 흐흐."

"이 놈아. 내가 요즘 마음이 안 좋다. 오죽하면 여기까지 왔을까?"

"허허. 그러면 이 동생이 섭섭하지. 아니! 여기가 어디 못 올 집이요? 동생 집인데 자꾸 거리를 두면 어쩌란 말이오. 어릴 때 형이 안 그랬소? 세상에 믿을 것은 형제밖에

191

없다고."

"쯧, 착한 놈! 네 놈은 어찌 예나 지금이나 똑같냐? 형제
는 무슨!"

재동은 오징어를 마요네즈에 찍으면서 껄껄댔다.

"됐소. 형이 아무리 그래도 내 형인 것은 변치 않으니
까. 아버지가 내가 이불에 오줌 쌌다고 엄동설한에 내쫓을
때 형이 몰래 문 열어준 것 아직도 기억나네."

"이런 바보! 그 때 아버지가 너 혼내고는 마음 약해져서
나에게 몰래 현관 문 열어주라고 한거야."

"정말이요? 난 그것도 모르고 형이 사실은 날 위해서 그
런거라 생각했는데…. 진짜!"

"흐흐. 근데 너만 그런게 아니야. 나도 숙제 안 했다고
툭하면 쫓겨나고 그랬어. 그 때는 아버지가 왜 그렇게 미
웠는지…."

"이렇게 빨리 부모님이 돌아가실 줄 알았으면 더 잘해
주는 건데."

"그런가?"

"또 언제지? 중학교 다닐 때 내가 애들한테 놀림 당해서
하루는 학교 안 간다고 생까니까 형이 열받아서 우리 반까
지 찾아와 엎었던 것도 기억나고… 그런 것 보면 형님도
그 때는 깡다구가 굉장했어."

재형은 모호한 눈빛으로 무언가를 생각하더니 중얼거

렸다.

"그런 적이 있었나? 시간이 빠르기는 빠르네. 그래. 목수 일은? 이제 완전히 그만 뒀고?"

"목수 일도 하고는 싶지만 보시다시피 이래서…."

"하기야. 나는 큰형님에게 말만 들었지. 네가 이렇게 잘 살고 있는 지는 정말 꿈에도 생각 못했다."

"잘 살죠. 잘 살아도 너무 잘 살죠. 근데 그러다 보니 문제도 많더군요."

"무슨 문제?"

재동은 한심스럽다는 듯이 피식 웃었다.

"와이프는 쇼핑 중독이고 현민이는… 그 뭐죠? 아! 맞다. 오렌지족!"

"오렌지족?"

"TV에서 무슨 오렌지족이라고 아무튼 요즘 저 새끼 때문에 속이 내 속이 아니요."

"왜? 무슨 문제 있어?"

"현민이 저 놈! 지난번에는 나이트에서 싸움질하다가 그거 합의하느라 정말이지."

"……."

"에휴. 만약 지 어미가 울고불고 말리지 않았으면 저 놈이 감방을 가든 말든 상관도 안했을거요. 예전에는 물질이 행복을 준다고 믿었지만 반드시 그런 것만은 아니더라구.

자 한잔 더 하쇼."

재형은 취기가 오르는 지 트림을 하면서 연신 재동과 술
잔을 부딪쳤다. 재형은 얼음물을 한 사발 들이키면서 궁금
한 듯 질문을 던졌다.

"근데 현수는? 어디 갔어?"

"아. 현수는 미국에 있소. 내 사실 톡 까놓고 말하겠소.
아까 돈 어떻게 벌었냐고 물었죠?"

"응."

"지금 이 집은 현수가 사준 것이고 이 모든 게 현수가 벌
어다 준 것이요. 이걸로 설명이 될까? 후후, 아비가 되어
서 정작 내 힘으로 한 것은 하나도 없소."

재형은 눈을 동그랗게 뜬 채 궁금한 듯 반문했다.

"현수가 다 해줬다고? 사업? 무슨 사업하는데?"

"혹시 형님 AMC라고 들어봤소?"

"AMC? 네가 말하는 게 AMC그룹을 말하는거야?"

"그래요. 게임기도 만들고 TV 채널도 있고 뭐 거기 회
장이 우리 아들이오. 원래는 이런 것 자랑하는 것 같아서
쉽게 말 안 하는 데 형님이 뭔가 일이 있어서 온 것 같아
솔직히 말하는 거요."

"…정, 정말이야?"

"그걸 거짓말해서 뭐하겠소. 사실이오."

재형은 상상을 초월하는 충격에 뒤통수를 거대한 해머

로 크게 얻어맞은 그런 기분이었다.

어찌 AMC그룹을 모르겠는가. 언론에서 주구장창 말하는 게 90년대에 한국에서 가장 빠르게 성장한 기적의 신화를 만들었다는 회사였다.

지금도 AMC그룹의 오너는 베일에 쌓여 있는데 엔터 회사로 출발해서 문어발식으로 자회사를 늘려가면서 작년 기준으로 20대 재벌에 랭크된 그룹이었다.

특히나 Pet Box, DDR Game, 스티커 자판기는 물론이고, 동작 인식 게임기로 전 세계 콘솔 시장에 도전장을 던진 AMCWill 게임기는 일본 회사가 독점하던 이 시장에서 혜성 같은 기린아로 등장하게 된다.

그 외에도 일본의 지브리 스튜디오에 필적하는 애니메이션 회사로도 세계적으로 인지도가 높았고, 아웃백 스테이크, 뤼미에르 빵집, 로터블 아이스크림, AMCMusic Station, AMC24와 같은 수많은 유명 프랜차이즈 브랜드가 그룹 산하에 있었다.

100조를 향해서

NEO MODERN FANTASY & ADVENTURE

Part 16-3. Life is a zoo in a jungle

Part 16-3. Life is a zoo in a jungle

　그 외에도 전국 각지에 매장이 있는 AMC패션과 심지어
는 전자, 건설, 은행, 증권사까지 보유했다.

　얼마 전에는 TV 홈쇼핑몰과 연예 오락 채널을 인수했
고, 역시 AMC그룹의 자회사인 영국 프리미어리그의 첼시
는 강력한 유망주 영입 정책을 통해서 작년에 최초로 리그
우승까지 차지하는 기염을 토했다.

　그런 탓에 재형은 쉽게 입이 열리지 않았다.

　재동은 형의 이런 경직된 반응을 이해한다는 듯이 부드
럽게 미소를 지었다.

　"다시는 나를 보지 않을 것처럼 말하던 형님이 나까지
찾아 온 것 보면 묻지 않아도 대충 짐작은 되오. 내가 아무

리 순하다는 소리를 듣고 살아도 이 정도 이치를 모를까?"

"…휴우. 염치가 없구나. 그래. 네 말대로 할 말이 있어서 찾아온 것은 맞다. 근데 막상 네 말을 들으니 차마 입이 떨어지지 않아."

"형이 어떻게 나를 생각한다 해도 나는 언제나 형님의 동생이오. 내가 어려우면 형님이 안 도와주었겠소? 그러니 부담 갖지 말구려."

"아니야. 네가 어려울 때 정작 나는 모른 척 했어. 이건 아닌 것 같아. 아무리 생각해도."

"형님!"

"그래. 말할게. 어찌하다 보니 롯데 건설에 수십억이 물렸다. 그래서 회사가 부도 위기에 처했고 잘못하면 집안이 길거리에 나가게 생겼어…."

재형은 끝내는 고개를 숙이면서 전후 사정을 이야기했다. 자존심 때문에 몇 번을 망설였지만 집에서 고생하는 아내와 철 없는 자식을 떠올리자 아비로서 책임감이 무섭게 밀려온 것이다.

그의 이야기가 끝날 때까지 재동은 조용히 경청만 하고 있었다.

거실은 그 때만큼은 바늘 하나 떨어져도 소리가 날 정도로 조용한 상태였다.

재형은 술을 더 마시면서 중얼거렸다.

"역시? 어렵겠지? 돈이 너무 커서….."

"고작 그거 가지고 그런거요?"

"뭐?"

"다 해드리겠습니다. 그게 뭐가 그리 어렵다고. 난 또 형님이 너무 한숨만 내쉬길래 정말 어려운 줄 알았소. 그래서 아들한테까지 이야기해야 되나 걱정했는데 그 정도 수준이면 내 손에서 해결이 가능할 것 같군요. 그러니 걱정 마쇼."

"정말 해주면 고맙고."

"형! 그러지 마쇼. 제발….."

"아니. 아니야. 그래도 그렇지 어떻게 이 은혜를….."

"형님. 가구 공장 그거 얼마 번다고 끝까지 움켜 쥘 필요가 있겠소? 머리 아프게 돈 벌어서 뭐합니까? 큰형도 이제 퇴직 얼마 안 남았다는 데 함께 바둑이나 두고 낚시나 다닙시다. 어때요?"

재동은 모처럼만에 진정으로 행복한 웃음을 보여주고 있었다.

갑작스런 환경의 변화와 물질에 찌들어 가는 주위 사람을 보면서 최근에는 세상사는 것에 회의를 느꼈다. 삶이 시들해지고 모든 것이 하찮아질 그 때 처음으로 기쁨을 경험했다. 그의 돈으로 둘째형을 도와줄 수 있다는 뿌듯함이다.

단 한 번도 혈육의 정을 느껴본 적 없던 재동이다. 둘째 형의 저런 표정은 태어나 처음 보았다. 그의 기억에 둘째 형은 늘 씩씩하고 열정이 넘쳤으며 마초적인 남자였기 때문이다.

위스키 잔이 돌고 또 돈다.

이 독한 위스키가 그 날만큼은 순하게 위장에 들어갔다. 재동은 저녁 늦은 시간이었지만 술에 취해서 최상철에게 전화를 걸었다.

평소라면 예의를 따지던 재동이었기에 이런 실수는 하지 않았지만, 오늘만큼은 예외였던 것이다.

✳

"뭐? 워싱턴에 가야 한다고?"

레스토랑에 앉아서 블루베리 쥬스를 마시던 아영은 약간 못 마땅한 표정으로 눈을 흘기는 중이다. 하지만 이런 여자 친구의 반응에도 현수는 그저 떨떠름한 표정만 드러내면서 시큰둥하게 대답했다.

"응."

"왜?"

"왜는? 백악관에서 초청이 왔다니까."

"언제 떠나는데?"

"내일! 워싱턴행 비행기가 있는 지 알아 봐야 돼."

아영은 약간 어이없다는 빛으로 잠시 현수를 응시했다.

"정말 내가 이 말을 믿으라는 건 아니겠지?"

"믿든 말든 상관은 없는 데 중요한 건 그래서 주말에 영화 예매해 놓은 건 취소해야 된다는 거야."

"뭐? 영화까지? 내가 미션 임파서블 보려고 얼마나 기다렸는 데 그것까지 그러냐? 우와?"

"다음에 보면 되잖아? 탐 크루즈가 뭔 대수라고?"

"다음에 언제?"

"워싱턴 다녀와서…."

현수는 약간 무뚝뚝한 표정으로 대답했고 아영은 결국 뿔이 나고 말았다.

지난번에 러시아도 대통령궁이었지만, 그래도 거기는 미팅하는 인물이 고위 공직자가 아니었으니 너그럽게 이해는 가능했다.

그런데 이번에는 백악관 초청이라니? 백악관이 어디인가?

미국 대통령이 거주하는 집이다.

이걸 믿으라고?

아영은 다리를 소파 위에 양반다리로 꼬더니 손가락으로 자신의 관자놀이에 대고는 빙빙 돌렸다.

"설마? 오빠? 정신적으로 문제 있는 거 아니야?"

"이게! 야! 넌 지금 내가 정신병자라고 생각하는거야?"

"아, 미안. …그러니까 백악관이 미국 대통령이 있는 그 백악관이 맞는 거야? 혹시? …이름만 같은 뭐 다른 장소는 아니고?"

현수는 약간 과장된 몸짓으로 뻐기더니 아영에게 구겨진 초청장 한 장을 펼쳐서 보여주었다.

"자, 봐. 나도 바빠 죽겠는 데 정식으로 초청장까지 보내왔는데 안 가기도 애매하고… 그렇다고 거절하자니 한국 이미지 문제도 있고… 나도 죽을 맛이다."

아영은 미간을 살짝 찡그리다가 웃음을 참지 못하고 냉랭하게 말했다.

"뭐? 미국의 미래를 빛낼 혁신 기업가 만찬회? 아주 이제는 국제적으로 노시네?"

"나 혼자는 아니고 그 쪽에서 혁신 기업가 100명을 초청했다고 하더라."

"그럼? 이 안에 오빠가 포함 되었다는거야?"

"그래. 넌 어디서 못 믿는 습관만 배웠냐? 그 도발적인 표정은 뭐야?"

"현수 오빠가 하는 게 대체 뭔데?"

"저번에 말했잖아? 여기저기 투자도 하고 한국에 회사도 몇 개 운영한다고."

그런 탓일까? 아영은 말을 더듬으며 어이없어 했다. 하지만 그의 태도는 과하지도, 그렇다고 애써 숨기는 그런 이중적인 모습이 아닌, 말 그대로 시냇물이 흐르듯 담담한 표정이다.

기실 현수가 예전에 했던 말을 못 들은 것은 아니었다. 하지만 그 때만 해도 투자라고 말하기에 딱히 핑계거리가 없어서 거짓으로 자신을 꾸민 것이라 여겼을 따름이다. 그런 탓에 꼬치꼬치 캐지 않았던 것이다. 그녀 나름대로의 배려라 할 수 있다.

아영과 민혁의 집안은 어린 시절부터 서로 잘 알고 활발한 교류가 있었는데, 민혁은 명문가 자손의 VIP 모임인 5인회 멤버였다.

그 때문에 아영은 자연스럽게 한국의 최상류층 모임에도 낄 수 있었다.

그녀는 대한민국에서 목을 뻣뻣하게 세우고 다니는 재벌 2세나 권력가의 자식을 적지 않게 보았었다. 그들은 그들만의 독특한 특징이 존재했다.

사자의 자식이 사자인 것처럼. 그 고귀한 피는 어디 가지 않는다. 하지만 지금 현수는 그 어디에도 속하지 않았다.

강한 호기심이다.

양파 같은 남자일까?

아영은 흥미로운 눈빛으로 반문해야 했다.

"그, …그게 정말이야?"

"그래."

"한국에 회사 이름은 뭔데? 꽤 유명해? 응?"

"이 여우 같은게? 왜? 이제야 오빠가 좀 멋있어 보이냐? 근데 알려주기 싫어."

"왜? 왜? 자신 없어서?"

"아니. 괜히 뻐기는 것 같아서 별로야."

순간 아영은 매니큐어로 칠한 빨간 입술을 쭈뼛거리면서 웃었다.

"나 그런 여자 아닌데?"

"무슨 그런 여자?"

"남자 돈 따지고 배경 보는 여자 아니란 뜻이란 걸 모르냐? 어휴."

"뭐 니네 집도 만만치 않다면서? 흐흐."

"내 입으로 말하기는 뭐하지만 굉장히 보수적인 집안이야. 암튼 그래도 다행이네."

"뭐가 다행이야?"

"아! 몰라. 그런 게 있어."

"재미 없기는!"

현수는 레스토랑을 나오면서 아우디의 차문을 열더니 아영과 함께 좌석에 앉았다. 아영은 현수의 질문에 대답하지 않은 채 창문을 열고 무언가를 생각하는 눈치다.

"오빠? 출발 안 해?"

"아까 그게 무슨 뜻이야?"

"아? 무슨 뜻은? 별 거 없어. 그냥 오빠가 잘 사는 것 같아서 기분이 좋다는 뜻이야."

"내가 미쳐. 진짜 난감하네. 이럴 때는 뭐라고 해야 하냐?"

"난감은 얼어 죽을!"

"야! 말조심 안 할래? 주아영?"

현수가 더 이상 못 봐주겠다는 듯 냉랭하게 말하자 아영은 우물거리면서 말꼬리를 흐렸다.

"미안. 그런 뜻으로 말한 것은 아니고. …이런 말 하면 괜히 오빠가 오해할까봐 말 안 했는데."

"…뭔데?"

"진짜? …예전 남친은 내가 이 말 했다고 헤어지자 그랬거든."

"말해봐. 괜찮아. 그러니까 더 궁금하잖아?"

현수는 묘한 표정으로 주아영을 바라보았다.

어떤 때는 똑똑하고 귀여운 것 같으면서도 또 어떤 때는 청순하면서 백치미 같은 매력이 넘쳐흘렀던 탓이다.

아영은 귀엽게 미소를 남발하면서 애교를 떨었다.

"좋아. 그 대신 화내기 없기다."

"약속할게."

"…사실 나중에 오빠를 부모님께 소개시킬 때 우리 집에서 어쩌면 반대를 안 할 수도 있겠다는 생각이 들어서."

"뭐야? 그래서? 기분이 좋았다 그 말이야?"

"…응. 우리 부모님이 생각보다 고지식해서."

"그래. 서로 입장이 다르면 그럴 수도 있지. 나라도 애지중지하면서 키운 딸이 어떤 놈팽이하고 결혼하자고 하면 반대할걸?"

"이해해줘서 고마워."

"근데 어쩌지? 나는 너와 아직 결혼할 생각이 없는데?"

"오빠! 우와! 진짜 심하다! 아영이가 안 귀여워? 난 오빠무지 좋아하는데?"

"됐고. 그딴 헛소리보다는 출발하자. 여기서 뉴욕까지 최소 한 시간은 잡아야 돼. 잘못하면 해가 먼저 지겠어."

"흐흐. 해 지면 어때? 같이 자면 되지 안 그래?"

"까불기는. 여자애가 못하는 소리가 없네."

"사랑하는 사이끼리 뭐 어때서?"

"아, …아. 사랑이라. 참 좋은 단어야."

아영은 그 후로 한동안 침묵을 지켰다.

그녀는 서슴없이 현수의 품에 기대어 현수의 얼굴과 다리를 어루만지고 있었다. 따스한 느낌이다. 그에게는 민트향기가 난다.

품에 안겼다. 다시 심장이 살아 있는 것처럼 빠르게 뛰고 또 뛴다. 마치 이제 갓 태어난 망아지가 발길질하는 것처럼.

자신도 모르게 얼굴에 붉은 색 홍조가 번져왔다.

그녀는 녹지로 우거진 산야가 가득한 창문 바깥으로 시
선을 홱 돌렸다. 그에게 빠져 있는 마음을 들키지 않기 위
한 몸부림이다.

미약하게 미소를 지었다. 키스하는 장면을 스스로 상상
했다.

그리고 그 순간 탄산음료가 막힌 가슴을 펌프로 뚫어주
는 것 같은 강렬한 자극을 받아야 했다.

✳

"…그런 관계로 여러분들은 앞으로 미국을 이끌고 나갈
기업가로서 창조와 혁신으로 새로운 아이덴티티를 만들어
주기 바랍니다. 미합중국은 자유와 평등의 국가입니다. 그
속에서 세상을 바꾸는 힘은 바로 여러분과 같은 뛰어난 인
재입니다. 세상의 변화를 귀 기울여 담아냅시다. 세상의
파도에 겁먹지 말고 도전합시다. 희망은 우리에게 많은 행
복을 줄 수 있습니다. 자, 주먹을 불끈 쥐고 과감하게 도전
합시다! 눈앞의 거대한 벽을 과감하게 깨트리는 그 순간
미국의 미래는 밝아질 것입니다."

짝, 짝, 짝, 짝, 짝.

쉴새없는 박수 소리가 백악관의 넓은 정원 구석까지 울려 퍼지고 있었다.

클린턴은 열정적으로 이야기를 했고, 연단 밑에는 적지 않은 군중이 의자에 앉아 진지하게 그의 연설을 경청하는 중이었다.

물론 그것은 겉으로 보여지는 풍경이었다.

막상 이 지루한 의례를 듣는 현수에게 클린턴의 웅변은 – 그것이 아무리 잘 조화된 문법과 고아한 어휘를 썼다 해도 여전히 지독한 고문이나 마찬가지였다.

어째서 정치인들의 성격이 괴팍하고 때로는 뻔뻔한지 무언가를 느끼게 해주는 한 장면이 아닐 수 없다.

'지루하군.'

격식, 예절… 쓸데없는 형용사를 섞은 본심과는 전혀 다른 우아한 대화까지.

그럼에도 이 자리에 초청된 이들은 깔끔한 정장에 우레와 같은 호응을 보냈다.

마치 자신이 워싱턴의 백악관에 잘 어울리는 존재라고 공작새처럼 뽐내는 모양새가 꽤 흥미롭게 다가올 따름이다.

빌 클린턴의 연설이 끝나고, 유명한 클래식 연주단이 등장하면서 흥을 북돋우며 점심식사가 이어졌다.

이번 기회를 통해서 인맥이라도 얻을 요량인지 100명에 달하는 중소 기업인들은 저마다 명함을 건네면서 웃고 떠드느라 정신이 없었다.

물론 백인 사이에 섞인 동양인 현수는 묵묵히 식사에만 열중한 채 특출 나게 행동하지 않았다. 그 사이로 양복을 잘 차려 입은 40대 중년인이 다가와 궁금한 듯 물었다.

"혹시 정현수씨?"

"그렇습니다만?"

드디어 주인공의 등장인가? 현수는 어리석은 인물이 아니다. 겉으로 보기에 그는 별 볼 일 없는 어학 연수생에 불과했다.

그런 그에게 뜬금없이 백악관에서 초청장이 온다는 자체에 의문을 가지지 않는 게 더 이상할 것이다.

백악관에 오기 전 이미 그는 결론을 내린 후였다. 십중팔구 그가 앤서니 슬라마 의원에게 보낸 그 레터 때문에 발생한 것으로 짐작되었던 것이다.

미국은 세계 최강국임은 누구나 주지하는 사실이다.

미국 FBI 가 헐리웃의 그 첩보 영화에서 보여주었던 수준의 1/10만 가능해도 우편물을 발송한 원주소를 찾지 못한다는 것이 과연 가능하기나 할까?

중년인은 모호한 눈빛으로 정중하게 말했다.

"지금 대통령 각하께서 현수씨와 만나기를 원하십니다."

"클린턴 대통령이 저를 만나고 싶다고요?"

"네."

"음, 이거 대단하군요. 그런데 무엇 때문인지 말씀은 없었습니까?"

중년인은 또릿한 어조로 대답했다.

"그건 그 쪽이 더 잘 아실 것이라고 말씀하시더군요."

"알겠습니다. 그래도 식사는 하고 만나는게 어떨까요? 아직 밥을 못 먹어서."

"대단한 호기네요. 그럼 그렇게 전하죠."

현수는 정말로 느긋하게 식사를 하기 시작했다.

중년인도 대단한 점이 위치로 봐서는 결코 낮은 직급이 아닐 텐데도 전혀 불만 섞인 기색조차 없이 30분 이상을 그저 조용히 서 있기만 했다.

그리고 그의 안내를 따라 들어간 곳은 빌 클린턴 공식 집무실이었다.

＊

클린턴과의 첫대면은 현수의 아래 위를 가볍게 살피면서 악수를 하기 위해 손을 내미는 동작이었다.

"반갑소. 빌 클린턴이오."

"만나 뵙게 되어서 영광입니다. 각하."

"자, 이쪽에 앉게나."

"그러죠."

이제는 어느 정도 영어로 대화가 가능했기에 스스럼없이 현수는 행동하고 있었다. 클린턴은 자신의 손짓에 가볍게 목례만 한 후, 의자에 앉는 현수를 보면서 기이하다는 쳐다보았다.

"그래. 내가 왜 자네를 불렀는지는 알겠지?"

"앤서니 의원실에 보낸 미래 뉴스 때문입니까?"

"의외로군. 적어도 이렇게 바로 수긍할 줄은 몰랐는데… ."

"어차피 서로 다 아는 것을 굳이 숨길 이유는 없겠죠."

"그럼? 내가 자네를 조사했다는 것도 안다는 뜻인가?"

"그거야 당연한 것 아닐까요? 이 세상에 미국 대통령만큼 높은 위치는 없지 않나요? 조사라는 게 꼭 나쁜 것만은 아니죠."

클린턴은 팔짱을 낀 채로 부드럽게 미소를 지었다.

"매우 유쾌한 친구로군."

"감사합니다."

"그보다 영어는 언제부터 배웠나?"

"배우기는 어릴 때부터 배웠지만 여전히 영어는 어렵더군요. 듣기에 어떻습니까?"

"발음은 괜찮은 편이네. 가끔 단어 틀리고 문법이 거슬리기는 해도. 어쨌든 솔직히 나는 영어 어렵다는 사람 보면 이해가 안 가던데…. 뭐가 그리 어렵다고."

그렇게 몇 마디 대화를 주거니 받거니 하다가 현수는 마른 침을 삼키며 드디어 본론을 꺼내기 시작했다.

"할 말이 있을 것으로 생각합니다만?"

"좋아. 말하지. 자네 정체가 뭔가?"

"무슨 뜻인지?"

"한국 AMC그룹의 실질적인 오너에 미국에 와서 투자회사를 차렸는데 금 선물로 상당한 금액을 단기간에 벌어들이고 얼마 전에는 소규모 영화사까지 매입한 것으로 나오네만…?"

"밑에 직원 분들이 일을 잘하시나 보네요."

"물론 시간이 촉박해서 자세히는 알아보지 못했지만 현재 추정 재산만 수십억 달러라고 나오는군. 수십억 달러라면 20대에 한정한다면 재산 순위로 전 세계에서 열 손가락 안에 들지 않을까?"

"대충 비슷하긴 하네요."

"그런데 더 믿을 수 없는 점은 불과 7년 전만 해도 자네 아버님은 목수, 어머니는 가정부로 종사하던 서민층이었다는 점이네. 이게 과연 있을 수 있는 일이라고 자네는 생각하나?"

"세상에는 별별 사건이 다 있습니다. 직접 두 눈으로 믿

214

지 못해도 안 될 것은 또 뭐가 있을까요?"

클린턴은 강하게 부정하면서 고개를 흔들었다.

"아니지. 불행히도 나는 대학교 때 경제학을 전공했다
네. 자본의 관점에서 보면 자네가 지금 만들어 낸 것은 인
간이라면 도저히 불가능한 것들이라 할 수 있지."

현수는 막상 클린턴이 집요하게 질문하니 말문이 탁 막
힌다고 느꼈다. 지위가 주는 영향력이다.

100조를 향해서

NEO MODERN FANTASY & ADVENTURE

Part 16-4. Life is a zoo in a jungle

Part 16-4. Life is a zoo in a jungle

　하지만 현수는 어려보이는 외모와 달리 회귀 전에 세상
의 험한 풍파를 온 몸으로 겪었던 기억을 고스란히 간직한
인물이었다.

　비록 지금 이곳이 대통령 집무실이었지만, 이 정도 압박
감은 어렵지 않게 떨쳐낼 수 있었다.

　그렇게 어떻게 대응을 할까 생각하다 차라리 솔직하게
털어 놓는 게 더 낫다고 판단이 들었고 입을 열었다.

　"어떤 계기가 있었죠. 그래서 미래를 읽을 수 있게 되었
습니다."

　"오호. 예측은 했지만 사실이라니."

　"과찬이십니다."

"그래도 직접 자네 입에서 그런 말을 들으니 더 놀랍군."

"너무 기대는 안 했으면 좋겠습니다. 저의 능력은 상당히 범위가 좁고 제한적입니다. 영화 속에서 하늘을 날고 초능력으로 상대의 마음을 읽는 그런 허무맹랑한 것과는 다릅니다."

"그래도 그렇지. 이런 능력이 있으면서 어째서 고작 돈 따위를 버는 데만 집중했는지 나로서는 다소 아쉬울 따름이네."

"후후, 좀 무례할지 몰라도 그건 각하께서 부족함이 없어서 그런 생각이 드는 게 아닐까요?"

클린턴은 뚱한 표정으로 잠시 응시하더니 말했다.

"그럼? 자네 생각은 돈이 최우선이란 뜻인가? 뭐, 그럴 수도 있겠지."

"꼭 그런 것만은 아닙니다."

"그건 됐고. 좋아. 오늘 자네를 부른 이유는 자네에게 고맙다는 말과 함께 앞으로도 나를 위해서 자네의 그 능력을 빌려달라고 부탁을 하기 위해 불렀다네."

그 순간 그 둘 사이에는 부드러우면서도 기이한 정적이 휘감아 왔다. 현수는 약간 망설이는 표정을 보이면서 또렷하게 말했다.

"각하. 아까도 말했지만 제 능력은 만능이 아닙니다. 국제적으로 유명한 사건 정도만 맞출 수 있고 그것도 꽤 제한적입니다."

"그 정도만 되어도 괜찮지."

"좋습니다. 도와 드리죠."

"후후, 아주 똑똑한 친구로군. 나는 그다지 냉정한 인물이 아니네. 나에게 선물을 주는 친구에게 입을 싹 닦는 그런 옹졸한 놈이 아니지. 알다시피 미국의 대통령 정도 되면 이 세계에서 못하는 일은 별로 없거든. 그래? 원하는 것이 있나? 솔직히 말해보게. 적당한 수준이면 들어줄 테니."

"글쎄요. 솔직히 청탁 때문에 여기 온 게 아니라서요."

"청탁은 아니지. 부탁이라고 하게."

"그러죠. 아, 혹시 스탠포드 대학에 아는 사람 있습니까?"

"스탠포드? 거기 총장과 일면식은 있네만?"

현수는 마치 달콤한 초콜렛을 발견한 꼬맹이처럼 눈을 반짝거렸다. 사실 그는 모종의 이유 때문에 스탠포드 대학에 들어가야 했는데 캠퍼스 안에서 반드시 만나야 할 사람이 있었기 때문이다.

"잘 되었네요. 기부 입학으로 그쪽과 딜을 하는 중인데 워낙 명문대라서 그런지 쉽지가 않더군요."

"스탠포드 입학? 하하. 어리기는 어린가 보군. 정말 적당한 기부금을 낼 생각이 있다면 내가 한번 그쪽에 연락해보도록 하지. 어차피 미국에서 기부 입학은 불법은 아니거든."

"입학이 가능한 겁니까?"

"어려운 일은 아니야. 설마? 자네는 미국이 기독교에서 말하는 유토피아라고 상상했던 건 아니겠지?"

"물론 그렇죠. 근데 저 말고 한 명이 더 있습니다."

"2명? …애인?"

현수는 애매모호한 빛으로 말꼬리를 흐렸다.

"어쩌다 보니 그렇게 되었네요."

"좋아. 다 좋은데 자네 같은 부호가 지금 대학교 들어가서 뭐하게? 듣기로는 동양은 체면 때문에 학벌을 많이 따진다던데 그래서 그런 건가?"

"그건 아닙니다. 개인적인 사정이 있어서…."

"그래? 그렇다면 어쩔 수 없겠지. 그보다 뭐 잊은 것은 없나?"

"네엣?"

현수는 멍하니 있다가 클린턴이 장난스럽게 손을 내밀고 무엇인가를 달라는 모습을 보이자 그 때서야 알게 되었다. 비록 철저하게 서로의 이익을 위해서 마련된 인위적인 만남이었으나, 어눌한 영어 실력과 왜소한 체구 때문에 오히려 클린턴은 평소의 품위를 내팽개치는 계기를 마련할 수 있었다.

상대가 자신에게 해가 되지 않을 것이라는 믿음은 쉽게 인간 본연의 방어 기제를 해제시키는 법이다.

시베리안 허스키에게는 경각심을 가져도, 요크셔테리어에게는 스스럼없이 손을 내미는 심리와 비슷할 것이다.

그는 오랜만에 꽤 즐거운 표정을 드러냈다.

현수는 그 때서야 한 여름에 美 전역을 공포에 몰아 놓는 테러 사건을 자세하게 빌 클린턴에게 설명하기 시작했다.

비록 귀찮게 한바탕 어릿 광대처럼 연극을 하기는 했어도 적어도 빌 클린턴은 그만큼 가치가 있는 존재였다.

✳

뜨거운 태양이 내려쬐는 6월에 들어섰다.

뉴욕 거리에도 이제는 여자들이 굴곡이 완연한 옷을 입고 몸매를 뽐내고 다녔고, 남자들은 너나할 것 없이 반팔 T 셔츠를 입고 근육을 자랑하는 계절이 왔다.

국제 통화 선물은 마치 태평양의 파도 물결처럼 종잡을 수 없이 움직이며 이리저리 불규칙하게 출렁거렸다.

어느덧 엔화 강세의 기조는 끝이 나고, 약세로 추세가 전환되면서 엔달러 선물이 폭락하기 시작했다.

그 전까지만 해도 일봉 차트는 여러 차례 단기 고점을

향해 상향 돌파 시도를 하면서 점진적으로 추세선을 높이던 상황이었다. 그래서 아마 더 반가운 변화일지 모른다.

현수도 당연히 환호성을 질렀다.

아무리 USB의 파일을 믿는다 해도 여기에 걸린 금액이 너무 컸던 탓에 일말의 불안감이 존재했던 것이다.

불과 지난달까지만 해도 엔달러 선물 지수는 거꾸로 움직였다.

미국 정부가 급작스럽게 금리 인하 카드를 꺼내며 경기 부양에 나섰다는 깜짝 뉴스에 선물 지수가 9840에서 10070까지 치솟았던 것이다.

물론 데이터상으로 보면 그가 매입한 평균 매입 단가에서 -2.5%를 손해 본 것에 불과했으니 어느 정도 담담한 기조를 유지해도 괜찮았으리라.

허나 고작 -2.5%손실분이 금액으로 보면 3억 5천만 달러가 넘었다면 그 누구도 쉽게 평정을 유지하기 어려울 것이다.

그나마 그런 패닉 기간이 이틀을 넘기지는 않았다는 점이다. 그 후 차트는 재차 제자리를 찾아가면서 현수가 불면증에 걸리지 않게 하락 추세를 유지했다.

5월 중순이 되었고, 기초자산인 엔화는 103.10엔까지 하락하면서 엔달러 선물 지수는 9709를 찍게 된다.

＊

하지만 더 이상 변화는 없었다.

거기서 근 2주 동안 지루한 보합으로 주춤거리다 이윽고 시장에 핵폭탄이 터지고야 만다. 그 진원지는 아시아의 일본이었는데, 앞으로 일본 중앙 은행이 외환 시장에 개입하여 불법 투기 세력을 몰아내고 무제한으로 엔화를 찍어서 엔화 약세를 장기적으로 유도한다는 성명서다.

다음 날, 일본 아사히 신문이 쓴 어느 사설에는 도요타, 소니와 같은 일본의 제조업체 실적이 전년 대비 반토막 이하로 떨어졌던 것이 원인이라고 했다.

그 때문에 총선에서 참패할 것을 의식한 자민당이 급하게 움직였다는 것이다.

당연히 전 세계 환율 시장은 쇼크에 빠지게 된다. 1조 달러를 보유한 일본 중앙은행 총재의 발언은 그만큼 대단한 영향력을 보여줬던 것이다.

결국 외환 시장은 그 날 하루에만 등락의 최대 폭이 5%에 이르렀고, 엔화 강세에 베팅했던 기관들은 포지션 청산에 정신이 없었다.

또한 투기 세력까지 숏 커버로 달러를 재매수하면서 불난데 부채질하듯이 엔화의 가치는 끊임없이 떨어졌던 것이다.

그리고 어제 드디어 107.20엔까지 엔화를 찍었다.

엔달러 지수는 기초 자산인 엔화의 달러에 대한 환율로 철저하게 움직인다.

현재 선물 지수는 9328이었고, 그가 매도 포지션으로 매입한 평균 단가는 9840이었다. 수량은 총 12만 계약이었다.

그런 탓에 Su. FC. Stone.Investment가 얻은 수익률은 $ 767,620,329에 이르게 된다.

물론 이 수치는 아직 현금화가 안 된 미결재 약정으로서 지수의 움직임에 따라 수익률은 크게 변화될 가능성은 있다.

선물의 위탁금까지 포함한 계좌의 현금자산은 $ 1,565,620,320이었다.

그는 지난 달과 동일하게 만기일이 다가오자 그 때까지 미결제 약정으로 남아 있던 매도 포지션 12만 계약 전부를 청산했다.

그와 동시에 재차 엔달러 선물 원월물로 갈아타면서 위탁 증거금을 바탕으로 계약 수량도 대폭 증가시켰다.

순간적으로 거대한 자금이 움직이다 보니 스프레드 손실로 몇 백만 달러가 발생했으나,

현수는 눈 하나 끔쩍하지 않고 30만 계약으로 매도 포지션을 홀딩했다.

그저 그의 계약 매매를 보조하던 Su.Fc. Stone 의 몇 몇 직원이 걱정, 우려, 호기심, 흥미가 섞인 다양한 시선으로 이 스릴 넘치는 게임을 지켜 볼 따름이다.

＊

William Brothers film은 L.A헐리우드 인근에 위치한 규모가 작은 영화 제작사였다. 그 사무실에는 여직원의 타이핑 소리와 직원들의 시끄러운 통화 소리가 정신을 사납게 만들 뿐이다.

그리고 좀 더 구석으로 시선을 돌리면 따로 파티션으로 분할 된 곳에 검은 뿔테 안경을 낀 디렉터가 앞에 있는 남자를 향해 꽤 진지하게 이야기를 하는 중이었다.

"…이렇게 갑자기 방문해서 좀 당황스럽기는 하지만 어쨌든 당신도 눈이 있으니 우리 회사가 꽤 바쁘다는 사실쯤은 알지 않겠소? 휴우, 요 며칠 동안은 특히나 더 심했지. 딸 아이가 어제 생일이었는데 가보지 못한 불쌍한 아버지라네."

"꽤 힘들어 보이는군요."

"잘 아는군. 자네 눈에도 여기 놓인 검토를 원하는 시나리오가 보일 거요. 이 시나리오가 얼마나 될 것 같나? 권수로 백 권이 넘는다네. …그런데 솔직하게 말해서 그 중에 직접 읽어 본 시나리오는 십 여 권에 불과하지. 물론 당신 것도 읽어 봤는데 꽤 훌륭한 작품이더군."

"테드. …저는 그리 어리석은 인물이 아닙니다. 그냥 솔직히 말해주세요. 그게 더 편할 것 같네요."

"좋아. 그러지. 이건 순전히 당신의 재능을 아껴서 하는 말인데 …일단 독립 영화처럼 제작비가 적게 드는 영화부터 찍게. 그리고 대중에게 평가를 받고 필모그래피가 만들어지면 굳이 자네가 제작사를 방문하지 않아도 자연스럽게 자네의 가치는 뛸 걸세. 내가 해 줄 수 있는 말은 그 뿐이네."

전형적인 딱딱한 독일 발음이라 귀에 거슬렸지만 그에게 지금 중요한 것은 그것이 아니었다.

그는 막상 또 거절을 당한 사실을 알게 되자 필사적으로 머리 속에 떠오르는 어휘를 조합해서 설명해야 했다.

"하지만… 언제나 원론적인 이야기지만 그 누구도 나에게 기회를 주지 않았소. 기회만 주면 난 정말 멋지게 성공할 자신이 있습니다. 그 때가 되면 당신도 승진을 할지도 모르죠…."

"그만! 아무튼 당신이 성공하기를 빌겠소."

"테드씨! 제작비 전부를 투자해달라는 것은 아닙니다. 그 중 1/3정도만 해주면 나머지는 제가 알아서 할 테니 부탁을 드립니다."

조를 향해서 5

그는 시계를 슬쩍 보면서 미약하게 눈썹을 찡그렸다. 마침내 인내심의 한계를 느낀 모습이었다.

테드는 단호한 목소리로 그의 말을 끊고는 축객령을 내렸다.

"미안하오 더 이상 자네와 시간은 빼기가 어려울 것 같군."

"…알겠습니다. 그럼 다음에 또 뵙죠."

테드는 악수를 하면서 사람 좋은 미소로 말했다.

"멀리 안 나갑니다. 그보다 제임스에게 안부 좀 전해주시고."

"네."

제임스는 그의 사촌형이었는데 이곳의 담당 디렉터인 테드와 꽤 친한 사이였다. 그런 탓에 약속도 없이 방문했음에도 문전박대를 당하지 않고 아직 변변한 입문작 하나 없는 젊은 영화 감독 지망생에게 이 정도라도 시간을 내준 것이다.

'휴우. 또 안 된 건가?'

영화 감독이 꿈이었던 그는 장신의 체구와 다르게 고개를 푹 숙이면서 미약하게 한숨부터 내뱉었다.

아버지는 영국인이었고, 어머니는 미국인인 탓에 영국과 미국 이중 국적을 가졌던 그는 런던에서 UCL 대학에서 영문과를 전공하고 바로 L.A로 건너 왔다.

그는 35밀리 필름 신봉자였다.

한 폭의 필름 안에 담겨진 그 멋진 컷을 사랑했고 숭배했다.

영화감독으로서 반드시 가져야 할 소양과 배움은 이미 영화 관련 아카데미(학원)을 다니면서 해결을 했고 이제 남은 것은 단 한 가지. 첫 입문 작품이었다. 하지만 현실의 벽은 높았다.

그 누구도 첫 입봉하는 영화 감독에게 선뜻 제작비를 지원해주는 회사는 찾기 어려웠던 것이다.

하지만 그는 자신이 있었다.

영화는 궁극적으로 각본이 가장 중요했고, 그는 천성적인 카피 라이터였다.

그는 세련되면서 매혹적인 문장을 사용해서 현실에 찌든 관중을 영화 속 아름다운 세계로 이끌 수 있는 멋진 재주를 지녔다.

아직 실망할 단계는 아니었다. 그는 조용한 어느 커피숍에서 헤이즐넛 향기를 음미하면서 직접 영화를 제작하기로 결심한다.

아마 시간이 많이 걸릴 것이리라. 부모님에게 손을 또 내밀어야 할 테지. 또한 직장도 잡아야 했다.

당장 생활비도 없었으니까.

그의 작품을 매몰차게 거절한 수많은 제작사를 삐딱하

고, 증오어린 시선으로 볼 필요는 없었다.

그들의 말대로 이것이 사회였고 현실이었다.

자신의 필모그래피는 그 스스로 해결해야 했다. 지난 2
년간 밤낮을 설쳐가면서 완성한 미행 Following 의 꾸깃
꾸깃해진 극본을 본다.

완전범죄를 꿈꾸는 스토리였고 그것을 시간에 상관없이
뒤죽박죽처럼 만든 것이었다.

그는 탐스러운 금발을 넘기면서 여전히 자신감 넘치는
미소를 보일 뿐이다.

그의 이름은 크리스토퍼 놀란 Christopher Nolan.

훗날 인셉션, 다크나이트 라이즈, 인터스텔라로 대성공
을 이루었고, 그 때문에 늘 세계에서 손가락 안에 꼽히는,
영화팬에게는 전설로 회자되는 인물이었다.

✳

Su.Fc. Stone. Film에 오랜만에 출근한 현수는 중요한
서류만 훑어보면서 혼잣말로 중얼거렸다.

"아무래도 캘리포니아로 이사해야겠어. 비행기로 왔다
갔다하는 것도 지겹고. 뉴욕은 너무 멀어. 이 참에 투자 회
사도 옮길까? 직원들이 과연 서부 끝까지 올까? 휴우, 복
잡하군."

현수는 머리가 멍했던 탓에 테이블에서 일어나 가만히 창밖을 응시하고 있었다. 가끔씩 일이 잘 풀리지 않거나 선뜻 해결책이 안 생길 때 습관처럼 보이는 버릇 중 하나였다.

Su.Fc. film은 그가 미리 언질을 안 했음에도 그가 방문하자 회사에서 가장 좋은 테이블과 집무실을 내주었다. 현수가 공식적으로는 Su.Fc. film에 직위가 없다지만 실질적인 오너가 현수라는 사실은 다 알고 있었기에 최대한 예우를 했던 것이다.

아무리 미국이 한국보다 Free하다 해도 어차피 월급쟁이의 인생은 상사의 말 한마디에 날아갈 수밖에 없다.

이런 것을 보면 평등이라는 단어도 현실의 직장에서는 해당이 되지 않는 단어임은 분명했다.

빌 클린턴에게 부탁한 스탠포드대학교 입학은 생각보다 쉽게 처리가 되었다.

얼마 전 스탠포드 대학의 사무처장이 직접 그에게 전화를 해서 기부 입학 방식으로 두 사람을 받아들이겠다고 구두 통보를 한 것이다.

확실히 미국 대통령의 영향력은 어마어마했다.

그가 다른 루트로 기부 입학을 알아봤을 때만 해도 확답을 주지 않던 스탠포드가 이토록 쉽게 문을 열었으니 당연히 놀랄 수밖에.

그가 이번 기회를 빌어서 아영까지 끼워 넣은 이유는 다름 아닌, 예전부터 자신과 같은 대학교를 가겠다고 졸라대던 아영의 애교 섞인 반 협박 때문이었다. 물론 그도 아영과 함께 하는 것은 좋았다.

얼굴도 이쁘지, 스타일도 귀여웠고, 똑똑하고 원만한 성격을 가졌다. 그리고 무엇보다 상대의 기분을 잘 이해해주고 배려심도 있었으니 어떤 남자가 그녀를 싫어하겠는가.

아무튼 그 후 아영의 반응은 대체 현수의 정체가 무엇이냐고 끈질긴 추궁을 시작했다. 그 때문에 그는 어쩔 수 없이 AMC그룹의 오너라고 이야기하고 만다.

어차피 신비주의처럼 신분을 속이고 거지 왕자 놀이 같은 컨셉을 그는 딱히 좋아하지 않았다. 하지만 아영은 보통 아이들과 달리 오히려 좋아서 어쩔 줄을 몰라 했다.

그녀가 좋아하는 이유가 좀 가관인게 '환경 때문에 어쩔 수 없이 헤어져야 하는 비운의 남녀 주인공'이 아니라서 다행이라고 깔깔거리고 박수를 쳤기 때문이었다.

그런 이유로 이제는 현수가 아영을 보면서 묘한 표정만 보일 뿐이다.

100조를 향해서

NEO MODERN FANTASY & ADVENTURE

Part 16-5. Life is a zoo in a jungle

"Su. Fc. Film은 앞으로 독립 영화는 손 대지 않을 테니 그렇게 아세요."

끌로드 시뇰은 현수의 말에 별 다른 불만 없이 대답했다.

"알겠습니다. 저도 그 전 경영진이 돈 안 되는 독립 영화에 기웃거리는 게 마음에 들지 않았습니다. 그럼 기존의 고몽 필름에서 잡아 놓은 올해 스케쥴은 취소하는 것으로 하겠습니다."

"그렇게 해주세요. 추가로 올해 안으로 크랭크 인 예정인 영화를 3편 정도 계획하고 있으니 이 부분도 준비 하시구요."

"3편이나요?"

"네. 앞으로 우리도 메이저처럼 제작편수와 배급편수를 대폭 증가시킬 예정입니다."

"…열정적으로 움직이는 건 좋지만 그러다 까딱 잘못해서 망하면 회사에 큰 타격이 올 수도 있을텐데? 어쨌든 기획팀에 지시해서 그동안 수집한 시나리오 가운데 괜찮은 것을 골라서 조만간에 정식으로 보고 올리도록 하죠. 그 후에 감독과 배우를 섭외하겠습니다."

"아, 괜찮습니다. 시나리오는 직접 준비할 테니 그 부분은 신경을 쓰지 않아도 됩니다."

"정말입니까?"

현수는 부드럽게 미소를 지으면서 되물었다.

"왜요? 내가 하면 안 된다는 법이라고 있나요?"

"그건 아니지만 일은 전문가가 하는 게 훨씬 더 효율적입니다. 그래서 밑에 직원이 있는 게 아닐까요?"

끌로드는 다소 의뭉스럽다는 듯이 또렷한 어조로 반문하고 있었다. 물론 완만하게 빙빙 돌려서 말했지만 그 속내는 괜히 간섭해서 회사를 망치지 말라는 의미나 마찬가지다.

현수는 끌로드의 참견에도 별로 신경 쓰지 않으며 재차 지시했다.

"시나리오는 내가 준비한 게 있으니 그것을 바탕으로

전문적인 작가들에게 각색을 부탁하세요. 아직 영어 실력이나 단어가 모자라서 꽤 어색할겁니다."

"정말입니까?"

"그래요. 아무튼 괜히 그런 눈으로 쳐다보지 마세요. 부담스럽군요."

끌로드는 지금 자신에게 대체 어떤 일이 일어난 것인지 궁금한 듯 그저 눈만 휑하니 뜬 채 서 있을 뿐이었다.

그의 이런 모습은 마치 지구가 멸망이라도 할 것 같은 시무룩한 태도였지만, 직위가 주는 압력에 굴복하면서 힘없이 중얼거렸다.

"그러도록 하죠. 그런데 어떤 영화입니까?"

"하나는 심리 스릴러, 또 하나는 미스테리, 그리고 외계인이 출현하는 영화입니다."

"그래요? 좀 더 자세히 설명을 해줄 수 있겠습니까?"

"첫번째 작품은 주인공의 아내가 강간당하고 살해당하게 됩니다. 그리고 불행히도 주인공이 이 참혹한 장면을 보았기 때문에 그 충격으로 그는 단기 기억 상실증에 걸리게 되죠."

"저런?"

"그 때문에 주인공은 어떤 사건이든 10분 이상 기억을 하지 못하는 상황에 놓입니다. 결국 범인을 쫓기 위해서 어쩔 수 없이 폴로라이드 사진과 메모지, 스스로의 신체각

부위에 문신을 세기면서 사건을 쫓게 됩니다. 여기서 영화의 구성은 칼라 화면과 흑백 화면이 번갈아 가면서 교차되는 데 전자는 현재 진행형, 후자는 과거를 역순으로 거슬러가는 교차 방식을 채택할 예정입니다. 여기서 포인트는 반전인데….”

현수의 이야기는 길어지고 있었다.

하지만 이 계통에 오랫동안 몸을 담고 있던 끌로드에게는 그의 설명은 신선한 자극제로 다가왔다.

기억을 잃어버렸다는 딜레마와 함께 그 누구도 믿지 못하는 복잡한 환경 속에 관중은 스스로 주인공이 되어서 제한된 단서를 통해서 사건의 진범을 찾는 영화였다.

또한 반전이 그 어떤 작품보다 충격적인 탓에 그는 귀를 쫑긋 세우며 이야기에 빠져들 수밖에 없었다.

처음의 의례적인 상사의 의견에 고개를 끄덕이던 모습과 달리 십여분이 더 흐르자 오만한 동양인 보스의 독특한 창작의 세계에 이입되는 감정이라니!

오랜만에 느껴보는 새된 흥분감이 솟구친다.

동양인은 그저 일개미처럼 성실하거나 혹은 딱딱한 피넛 버터처럼 답답할 것이라는 편견을 지금 그가 깨트렸다. 그만큼 3가지의 각기 다른 성격의 영화 대본은 파격적이었고, 치밀했으며 창의적인 소재를 차용했다.

영화의 정체는 메멘토 Memeto와 데스노트 Death

Note, 그리고 디스트릭 District 9이었다.

물론 회귀 전의 지식을 빌린 결과물이었다.

콧대 높은 영화 매니아 사이에서도 여전히 회자되는 유명한 반전 영화인 메멘토 Memeto, 죽이고자 하는 대상의 이름을 쓰면 죽게 된다는 기발한 아이디어와 참신한 설정이 돋보이는 만화 데스 노트 Death Note, 그리고 마지막으로 정치적 풍자로 놀라운 흥행 성적을 그린 저예산 SF 영화 디스트릭 9까지.

이 3종류의 영화는 일단 관객의 평가가 굉장히 높았던 영화였고 그와 동시에 적은 예산으로도 충분히 퀄리티 높은 제작이 가능한 장르였다.

그런 탓에 심사숙고 끝에 올해 작품으로 선정을 한 것이다. 끌로드 시뇰은 마침내 수긍을 하며 고개를 끄덕였다.

"대단하네요! 생각보다 스토리가 훌륭하군요. 당장 제작에 들어가겠습니다."

그는 영화를 보는 혜안이 뛰어난 인재였다. 지금까지 경험으로 볼 때 이것들은 강력한 촉이 전달되어 왔다.

이른바 대박의 느낌일까. 현수가 묘한 미소를 드러내더니 제지했다.

"그렇다고 너무 급하면 체합니다. 천천히 진행합시다."

"대체 어디서 이런 아이디어를 얻었습니까?"

"후후, 왜요?"

"정말 상상력이 대단하네요. 증오하는 인물의 이름을 노트에 적으면 그것이 바로 현실이 돼서 죽는다? 그래서 겁을 먹은 정치인들은 몸을 사리게 된다는 건가요?"

"그 정도는 기본 플롯이고 거기에 맛있는 향신료를 좀 쳐야죠. 너무 주인공의 뜻대로 세상이 되면 금방 지루해지지 않을까요? 거기다 여러 가지 제한 조건을 줘서 갈등을 유발시켜야겠죠. 그보다 설명은 다 들었을테니 원하는 제작 예산은 어느 정도 필요할까요? 난 이쪽 계통은 영 문외한이라서."

"음, …메멘토나 데스노트는 둘 다 머리를 굴려야 하는 미스테리쪽이라 두 개 합해서 2천만 달러 미만으로 가능하지 않을까요?"

"SF 영화 디스트릭 9은 어때요?"

"시놉시스를 보면 알겠지만 처음 지구에 거대한 비행접시가 남아프리카 공화국 상공에 떠 있는 장면은 CG로 연출해야 할 것 같습니다. 그 외에 강제로 포로 구역에 갇혀진 외계인의 흉측한 얼굴에 비용이 좀 들어갈 것이고, … 이럴 경우 경험상 최소 2천만 달러 이상은 잡아야 할 것으로 보입니다."

"그럼? 3편 만드는 데 총합이 4천만 달러가 필요하다는 건가요?"

"이것도 최소로 잡았을 때 비용입니다."

현수는 한동안 입을 열지 않았다.

메멘토, 데스노트, 디스트릭 9은 회귀 전에 이미 아이디어, 작품성, 대중성으로 관객에게 호평을 받은 것은 분명했다.

물론 히트를 칠 가능성이 매우 높았다. 하지만 엄밀히 말하면 아직 발생하지 않은 사건이기에 흥행 확률이 높다는 가능성뿐이다.

반드시 성공한다는 보장은 없었다.

그런 탓에 가능하면 제작비를 최대한 절감하는 것이 중요했다. 그렇다고 너무 예산을 내려도 작품의 퀄리티가 망가질 수 있었다. 그는 결국 4천만달러 제작비 투입에 동의하고야 만다.

"제작비는 그렇게 하고 바로 내일이라도 시작할 수 있게 제반 준비를 갖춰 주세요."

"알겠습니다. 당장 움직이겠습니다. 그런데 세 작품을 순차적으로 진행할 예정인지? 아니면 동시에 들어가야 하는 지 모르겠네요?"

"회사 내에서 팀별로 따로 나눠서 동시에 프로젝트를 진행시키도록 하세요."

"그러면 기존의 회사 인력으로는 부족할지 모릅니다."

현수는 미간을 살짝 찡그리며 입을 열었다.

"그럼 더 뽑으세요. 관련 직종 경력자로 공고 내시고.

이유야 어쨌든 적어도 내년 봄까지 완성해야 합니다."

"내년 봄이요? 너무 빠듯하지 않을까요? 1년도 안 되는 기간인데 감독, 배우 섭외하고 바로 촬영에 들어가야할 것 같네요."

"일단은 그렇게 갑시다. 회사가 놀고 먹는 곳도 아니고 바쁘게 돌아가야 정상 아닙니까? 그리고 이번 가을에 다시 2-3작품 더 들어갈 겁니다."

끌로드는 걱정스런 눈빛으로 나지막하게 대답했다.

"회장님? 너무 무리하는 건 아닐까요?"

"돈 때문이라면 걱정 안 해도 됩니다. 기존 고몽 필름 시절의 나태함은 벗어 버리세요. 라인업 빈틈없이 짜고 개봉은 내년 여름부터 계속 와이드 릴리즈로 걸 예정입니다. 그러니 기존의 소니나 유니버셜 같은 업체에 고위 영업직의 인물을 스카웃하는 방안도 검토해주세요."

"내부 시사회나 품평회 없이 바로 와이드로 간다는 겁니까?"

"맞습니다. 예전에는 투자비용과 수익창출 문제 때문에 조심스럽게 업무를 진행했다면 앞으로는 그 때와 많이 다를 겁니다. 무조건 매출 우선이고 개인적인 희망은 몇 년 내로 메이저 업체와 어깨를 나란히 하는 것입니다."

"회장님 …생각처럼 그렇게 된다면 환영입니다. 하지만 메이저들의 영향력은 생각보다 대단한 편이에요. 후발 주자가 덤벼든다고 판단하면 인정사정 봐주지 않고 밟아 버리는 경우가 많죠. 고몽 필름의 본사인 프랑스 고몽도 유럽에서는 알아주는 영화 제작사였는 데 그런 회사도 결국 미국 시장을 포기하고 철수하게 되었습니다."

"고맙군요. 끌로드씨의 충고."

"죄송합니다. 굳이 그런 뜻으로 말한 건 아닌데…."

"그건 그거고."

현수는 말꼬리를 살짝 흐렸다. 그와 함께 그는 책상 위에 수북하게 쌓여진 영화 시나리오 중 하나를 꺼내더니 그에게 건네며 당부했다.

"데스 노트나 디스트릭 9은 당신이 알아서 감독을 찾아도 되지만 메멘토는 '미행'이라는 시나리오를 쓴 이 감독에게 맡기도록 하세요."

"크리스토퍼 놀란?"

"네."

"아시는 분인가요?"

현수는 흥미롭다는 표정으로 나지막하게 말했다.

"아주 잘 알죠."

"그래요? 이 사람 대표작이 뭐가 있습니까?"

"아마 이번이 첫 입봉일 겁니다."

끌로드는 못 마땅하다는 눈빛으로 되물었다.

"그럼? 영화 감독 지망생?"

"그렇다고 봐야겠죠. 아무튼 여기 번호로 전화해서 연락 후, 미팅 진행하세요. 최대한 그 쪽 편의를 봐주시고."

"알겠습니다."

＊

ABC 방송사의 사회부 기자인 맥그웰 요한센은 동공을 한껏 증폭시키고 있었다.

아직 이른 아침이다. 하지만 그 아침은 보통 때와는 조금 달랐다.

보통 때라면 커피향의 느긋함에 취한 채 하품을 하는 동작 대신에 정신을 집중해서 상대의 이야기를 재차 확인해야 했던 탓이다.

그의 상관인 사라는 그가 출근하자마자 꽤 심각한 표정으로 문을 열더니 뜬금없이 한숨부터 내쉬었다. 그렇게 익숙한 자세로 다리를 꼰 사라는 몇 가지 임무에 대해서 사무적으로 간략하게 설명부터 했다. 맥그웰은 이런 냉랭한 장면이 마음에 안 든다는 듯이 반발을 하며 꼬치꼬치 캐물었다.

"사라? 대체 이게 무슨 뜻이야? 내가 왜 이 일을 해야 하는 데?"

"뭐긴? 불운을 탓하려면 당신의 그 대단한 능력을 탓해야지. 안 그래?"

"왜?"

"정말 몰라서 물어?"

"응. 몰라서 묻는 건데?"

"헛똑똑이로군. 쯧, 이미 윗선에서 결재가 난 상황이야. 그러니 당신은 잭하고 제대로 촬영장비 챙겨서 그냥 몸만 가면 되는 일이라구. 어때? 쉽지?"

"이봐. 내 질문이 고작 그것 때문이 아니란 것은 알잖아?"

워낙 오랜 기간 동안 서로에게 숨김없이 지내왔기에 면역이 된 탓일까. 직속 상사인 사라는 여전히 인내심을 발휘하면서 부드럽게 립스틱이 발라진 입술을 오물거릴 뿐이다.

비록 젊은 시절 그 아름답던 미모는 온데 간데 없고 주름살과 뱃살만 남았으나, 여전히 피부는 크리스탈처럼 깨끗해 보였다.

사라는 또릿한 어조로 언성을 서서히 높여갔다.

"맥그웰! 그딴 투정은 안 통한다는 것쯤은 이제 알 나이 아닌가요? 제발 부탁인데 회사에서 시키면 묻지 말고 그냥 하면 안 될까? 나도 힘들어. 당신을 위에서 보호해주기가."

"휴우, 정말 사람 난감하게 만드네. 정 급하면 나 같은 고집불통보다는 차라리 다른 적임자를 찾아보는 게 어때? 그게 서로를 위해서 더 나아 보이는 데 아닌가?"

"알잖아?"

맥그웰은 쓴웃음을 지으며 투덜거렸다.

"알기는! 개뿔! 몰라."

"이번 건은 굉장히 중요하다고. 그리고 비밀 유지가 필수에 위험 요소도 있어. 그러니 아직 아무 것도 모르는 젊은 애들을 어떻게 거기 보내겠어? 안 그래? 응?"

"좋아. 백번 양보해서 그렇다고 하지. 그런데 그 정보? 정말 믿을 수 있어? 난 도무지…."

"솔직히 우리도 처음에는 반신반의했어."

"그런데 어째서 이래?"

"최초 정보를 준 곳을 확인해보니 CIA 본부라고 나오더군."

"큭, 대박이군. 그럼? CIA에서 우리 안전은 보장한다는 뜻인가?"

사라는 팔짱을 낀 상태에서 서류 뭉치를 손에 든 채 냉랭한 모습으로 부정했다.

"아니."

"그럼? 더 윗선?"

"아마도."

"큭! 잘못 걸렸군."

사라는 이런 맥그웰의 어린 아이 같은 행동에 여전히 애매모호한 미소만 지을 뿐이었다. 맥그웰은 머리가 좀 아프다는 것을 느꼈다.

CIA보다 더 윗급이라면 과연 어디일까? 답은 뻔할 것이다. 백악관이다. 워싱턴의 최고 실세가 움직인 것이다.

직감적으로 예사롭지 않다는 경고 신호가 뇌 속으로 파고 든 것은 그 시점이다. 강한 호기심에 마치 성기가 불끈 흥분해서 우뚝 선 것처럼 그는 그렇게 자리에 일어나면서 사라에게 마지막 말을 건넸다.

"오케이! 내일이라고 했나? 바로 움직여야지 뭐 별 수 있을까?"

"Great! 맥그웰! 좋은 선택이야."

✳

맥그웰 JD 요한센.

그는 젊은 시절 독일 특파원을 지내면서 서독과 동독의 장벽이 직접 무너지는 장면을 취재한 장본인이었다.

평소 뜨거운 열정을 최고의 가치관으로 삼았던 그는 그후, 이라크의 사담 후세인이 쿠웨이트를 침략한 사건을 계기로 촉발된 걸프전에 자발적으로 참전했던 몇 안 되는 종군 기자 출신이기도 하다.

그는 총알이 빗발치는 전투 현장의 최일선에서 과감하게 카메라를 들이밀었고, 그런 용기 때문에 타 방송사에게 상대적으로 밀렸던 시청률을 단번에 회복시키는 공적도 쌓았다.

그 후, 맥그웰 요한센은 본사로 돌아와서 ABC의 최고 위층에게 눈도장을 받더니 한동안은 승승장구하게 된다.

허나 그는 영혼이 자유로운 진보주의자였다.

적당한 처세술만 지녔어도 보다 높은 자리에 오를 수 있었으나, 불행히도 그에게 붙어 있는 수식어는 '고집불통 두꺼비' 였다.

그런 그에게 어느 날 갑자기 비밀 임무가 떨어진 것이다.

그 때문에 그는 그의 파트너인 잭과 함께 준비에 한창이었다.

시계를 유달리 자주 확인하던 잭은 각종 첨단 촬영 장비를 치밀하게 체크하기 시작했다.

"이거 왠지 느낌이 안 좋은데요?"

"미신일 뿐이야."

"정말 그럴까요?"

잭 마인스키는 007서류 가방에 달린 초소형 카메라와 가슴 자켓에 달린 도청 마이크를 확인하면서 투덜거렸다. 맥그웰은 넌지시 고개를 끄덕였다.

"아마도. 혹시 모르니 가족에게 작별 인사 확실히 하

고."

"설마 그 정도까지 위험한 건가요?"

"그건 아니고. 정부쪽에서 뭔가 속이는 것 같아서 말이지."

"하긴 그렇기는 하죠. 무작정 이렇게 나오라고 하니 더 궁금해지네요."

"암튼 괜히 거기서 제대로 촬영 장비 작동 안하면 망신 당할 수도 있으니 이중 삼중으로 체크해 봐."

"그럼요. 우리가 무슨 초짜도 아니고."

맥그웰은 껄껄 웃으면서도 운전대를 쥔 손은 더욱 더 경직되는 것을 느껴야 했다. 그의 걱정과 달리 자동차는 빠른 속도로 질주하면서 뉴욕 케네디 국제 공항에 도착하게 된다.

"D-12번 구역이라. 잘 찾아봐 잭! 내가 혹시 놓쳤는지도 모르니까."

"네."

주차장은 아직 늦은 오후인 탓에 꽤 복잡했다. 최초로 접선하기로 한 장소인 D-12번은 공항 주차장에서도 저 멀리 구석에 위치했기에 몇 번을 빙빙 돌아야 하는 번거로움을 겪어야 했다. 그렇게 도착하고 담배를 피면서 몇 분을 서 있자, 누군가 다가왔다.

100 조를 향해서

NEO MODERN FANTASY & ADVENTURE

Part 17-1. The journey is the reward

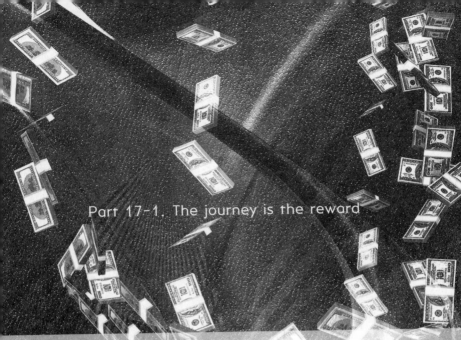

Part 17-1. The journey is the reward

"반갑습니다. ABC 방송의 맥그웰씨?"

"아, 네. 그 쪽은?"

"FBI 뉴욕 지부의 안전 보안 처장 돈 스네이크라 합니다."

"반갑습니다. 그런데 이건 내 생각이지만 이제 우리가 어디로 가야하고, 뭘 해야 하는지 알려 줄 때가 되었다고 생각하는 데 아닌가요?"

"그 동안 많이 궁금하셨군요."

"궁금하지 않는 놈이 더 이상하지 않을까요?"

"동감합니다. 그런데 죄송한데? …이 분은 믿을만 합니까?"

그는 약간 머뭇거리는 표정으로 그의 조수인 잭을 슬쩍 쳐다보며 말했다. 맥그웰은 강한 어조로 대답했다.

"10년 동안 함께 일해 온 동료이니 믿어도 될거요."

"미안합니다. 이번 작전은 굉장히 기밀을 요구하기 때문에 실례를 범했군요."

"괜찮아요. 중요한 건 진실이지."

종군 기자였던 맥그웰의 눈빛은 사뭇 도전적일 수밖에 없었다.

아무리 정부의 비밀 지시에 따른 협조라 해도 아무 것도 모른 채 함께 할 수는 없었기 때문이다.

비록 그의 임무가 FBI의 비호 아래 Live로 특수 상황의 영상을 찍는 것이라 해도 알아야 할 것은 알아야 했다.

돈 스네이크는 시계를 확인하더니 차분한 어조로 설명했다.

"지금 이 공항에는 뉴욕 경찰청 산하 대테러 타격 특전부대와 델타포스 2개 대대, CIA, FBI 지원군까지 와 있는 상황입니다. 그리고 저녁 8시 45분에 출발하는 TWA항공기에 30명 가량의 특수 요원이 비밀리에 무장을 갖춘 채 탑승 예정이죠. 그들과 함께 당신은 우리가 지정해준 좌석에 탑승하면 됩니다."

"그게 무슨 뜻입니까? 설마 하이재킹은 아니겠죠?"

"하이재킹인지 아닌지는 불확실합니다. 단지 우리가 얼

은 정보는 비행기 테러범이 탑승할 것이라는 것뿐이요."

"그, 그게 사실입니까?"

"네."

"그럼 바로 체포하면 되지 않소?"

이 말에 돈 스네이크는 공감하는 빛을 보였지만 이내 냉정한 표정으로 부정했다.

"물론 가능은 합니다. 이미 4명의 테러범 신상정보를 얻었으니까. 하지만 이럴 경우 피해는 예방 가능할지 몰라도 그들을 기소하기가 어렵습니다."

"그렇지만 피해자가 발생하는 것보다 더 중요한 게 있을까요? 너무 위험하지 않나요?"

"후후, 이상주의자군요. 프로젝트를 주관하는 곳은 우리가 아닌 백악관입니다. 그들은 보다 적극적으로 정부의 대테러 전쟁과 그에 따른 결과물을 홍보하기 원하죠. 물론 언론 미디어처럼 대중에게 감성을 자극하여 전달시키는 도구는 아직 발견되지 않았소."

맥그윌은 탐탁지 않다는 듯 눈썹을 찡그렸다.

"그 뜻은? …조금 위험하더라도 현장에서 테러를 할 때 범인을 잡겠다는 의미로 받아들여도 됩니까?"

"그렇소. 아무리 정부에서 국민을 위해 백번 떠드는 것보다 시각적으로 전달시키는 것만큼 확실한 것은 없지 않을까요?"

"……."

"그러니 당신은 조용히 진압 작전을 영상에 담기만 하면 됩니다. 물론 아까도 언급했지만 최신 무기로 무장한 특수 작전 부대가 당신을 안전하게 보호해줄 테니 생명에 대한 위협은 걱정하지 않아도 될 거요."

"대통령 대선 때문인가요?"

"미스터 맥그웰! 더 이상 질문은 허용하지 않겠소. 그저 당신은 당신이 할 일만 하면 됩니다. 보다 자세한 설명은 나중에 다시 말씀드리지."

"이, 이 봐요? 그러다 애꿎은 국민이 한 두명이라도 피해가 발생하면 누가 책임질겁니까? 굳이 이렇게까지 해야 합니까?"

"말이 많은 분이군요. 마지막 경고요. 우리가 돌아가서 당신에 대해 안 좋게 한 두 마디만 브리핑을 해도 당장 내일부터 당신은 다른 직장을 알아봐야 할 겁니다. 고작 ABC 방송국의 기자라는 간판으로 자신을 대단한 위치의 사람이라 착각하는 건 아니겠죠?"

"……."

"그럼! 2시간 후에 파리행 P.M 8시 45분 TWA항공사 소속 보잉 747여객기가 출발하는 12번 게이트로 오시면 됩니다. 혹시 테러범들이 눈치 챌 수도 있으니 반드시 일반 관광객으로 위장하는 것도 잊지 마시고. 그럼!"

＊

　FBI 뉴욕 지부 안전 보안 처장 돈 스네이크의 그림자를 멍하니 보던 맥그웰은 이윽고 자신의 알 수 없는 불길한 예감이 맞았다는 사실을 알게 된다.

　또한 이미 테러범에 대한 정보를 입수했음에도 모르는 척 하는 그들의 모습에 기가 막힐 뿐이다.

　아마 그들은 그가 몰래 찍은 영상을 적당히 편집하고, 30명의 대테러 부대원의 숫자도 7-8명으로 줄인 후, 적당히 이쁘게 방송을 포장할 것이 뻔했다.

　정부에서는 TWA항공기에 테러리스트가 탑승할 것이라고 정보를 미리 입수하게 된다.

　하지만 그 때만 해도 명확한 목적 및 동기가 불확실하다 판단하여 사전에 예방을 할 여유가 없었다고 합리화시킬 것이다.

　그 후, 그들은 아마도 정부의 치적에 더 공을 올리는 방향으로 돌리지 않을까?

　가슴이 답답했다.

　권력이 주는 압력에 굴복해서 어쩔 수 없이 촬영을 해야 한다는 자체에 비애감이다.

　그러다 문득 이 상황에서 타협책으로 쓸 수 있는 괜찮은 아이디어 하나가 떠오르게 된다.

그는 재빠르게 잭에게 말했다.

"잭! 방송국의 사라에게 연락 좀 다시 해봐."

"왜? 무슨 일인데?"

"좋은 생각이 떠올랐어."

"오케이."

저 멀리서 사라의 목소리가 들려왔고, 맥그웰은 약간 흥분한 목소리로 현재 상황을 설명했다. 그렇게 몇 분간 흑막의 진실을 이야기로 전해 듣자 사라는 침묵을 지켰다.

맥그웰은 답답하다는 듯 다시 되물었다.

"사라?"

"휴우, 당신 정말 대단하군요. 그래서 하고 싶은 이야기가 LIVE로 생중계를 하자는 건가요?"

"왜? 내 생각이 잘못 된 건 아니잖아?"

"아! 물론 그건 아니에요."

"그런데 왜? 한숨이야?"

"이봐요. 맥그웰? 과연 이 건을 과연 위에서 허락을 해줄까요? 제발 정신 차려요. 상대는 미국 정부에요."

"알아. 안다고. 하지만 방송의 기본 사명은 뭐지? 진실을 알리는 것이라고 당신이 나에게 가르치지 않았어?"

"그러긴 했죠. 무려 20년전의 이야기네요."

"그리고 테러 현장을 실시간으로 중계를 한다? 과연 이만큼 대단한 화제성을 가진 소재가 있을 거라고 생각해?"

100조를 향해서 5

"물론 시청률이야 잘 나오겠죠. 하지만 그 후에 후폭풍을 누가 감당하려고 그래요? 난 솔직히 자신 없어요."

"사라! 부탁이야. 한번 해 보자구. 응?"

사라는 도저히 설득이 안 될 것 같자 갈등을 하는 모습이 역력했다. 그녀는 혀를 끌끌 찼다.

"진짜 대단한 분이군요. 당신…."

"사라…?"

"……."

긴 침묵 끝에 마침내 사라가 결정을 내렸다.

"좋아요. 보도 국장을 설득해서 라이브로 내보내는 것으로 해보죠. 물론 최선을 다해 설득은 하겠지만 내 힘으로도 안 될 수도 있다는 점은 명심하세요."

"알았어. 그럼 공항쪽으로 중계차 한 대 보내서 무선으로 신호 잡히는 지 확인하게 해줘. 시간이 별로 없어."

"알았어요."

✳

맥그웰과 잭은 평범한 탑승객으로 위장한 상태로 게이트에 진입하기 직전이었다.

다행히 ABC 방송국에서는 사라의 전폭적인 지지에 힘입어 갑론을박 끝에 생중계로 본 방송을 내보기로 결정하게 된다.

백악관에서 애초에 원하는 것은 녹화 필름으로 영상을 만든 후, 그들이 심의를 하는 것이었다. 그 후, 적당히 편집 가공을 거쳐서 언론에 내보내는 프로세스를 원했다.

하지만 불행히도 이 곳은 미국이었다.

NBC, CBS와 경쟁에서 이겨야 하는 ABC 방송국은 결국 면밀하게 장점과 단점을 다 따진 후, 세계 역사상 최초로 테러 라이브 방송을 보내기로 한 것이다.

이미 돈 스네이크로부터 안전에 대한 교육을 들었던 맥그웰은 공항 화장실로 들어가 문을 잠근 채 약간 들뜬 목소리로 마이크에 대고 녹음을 시작했다.

- 아아. 안녕하십니까? 시청자 여러분? ABC 방송국 사회부 기자 맥그웰 요한센입니다. 지금 저는 존 에프 케네디 뉴욕 공항에 와 있습니다. 제가 여기에 온 이유는 금일 저녁 8시 45분에 파리로 출발 예정인 TWA항공기를 누군가가 하이재킹할 것이라는 소식을 접했기 때문입니다. 그리고 정부와 합동으로 저는 정확히 50분 후에 이륙 예정인 TWA800비행기에 탑승할 예정입니다….

- 물론 해당 비행기에는 정부에서 파견된 FBI 대테러특전단 및 델타 포스 등 뛰어난 요원들이 함께 할 계획이니

크게 걱정하지 않아도 될 겁니다. 세계 역사상 유래가 없는 대테러 라이브 중계가 앞으로 시작될 예정이니 시청자 분들은 절대 채널 돌리지 말기 바랍니다. 기대해주세요!

그의 목소리는 지독한 긴장감 속에서도 침착함을 애써 유지하는 중이었다.

아직 비행기에 탑승하지 않은 관계로 그의 첫 멘트는 실시간으로 중계되지는 않았다. 생중계 소식을 접한 정부에서 뒤늦게 그의 탑승을 배제할 수 있다는 우려 때문이었다.

얼마 후, 비행기 탑승이 시작되었다.

평소와 다르게 건장한 남자들이 많이 있었기에 눈썰미가 좋은 사람들이라면 누구나 이상하게 생각할 수 있었다. 그래도 설마 공항 전체가 인위적으로 통제될 것이라고는 테러범도, 탑승객도, 공항 직원도 그 누구도 알지 못했다.

맥그웰은 잭과 서로 다른 좌석에 배정받았다.

혹시 모를 촬영 사고나 안전사고에 대비한 고육책이었다.

맥그웰은 앉자마자 가방에서 두툼하게 생긴 검은 안경테를 꺼내서 착용하고는 주위를 시험 삼아 둘러 본다.

그와 동시에 모기가 기어가는 목소리로 가슴 왼쪽 포켓에 건 만년필로 위장한 무선 마이크에 대고 속삭였다.

– 탑승 완료! 방송 중계 부탁합니다.

– 오케이! 평소처럼 행동해주세요.

– 걱정 마세요.

ABC 방송국은 갑작스런 대테러 라이브 중계에 정신이 없었다. 기존에 있던 뉴스 데스크에는 각종 멘트와 큐시트가 눈송이처럼 휘날렸다.

장비실에는 몰래 카메라로 송출되어 오는 흐릿한 신호를 받아 적절하게 편집을 시작 중이다.

이미 ABC의 기존 편성표에 있던 '하이스쿨 마운틴'이라는 청춘 드라마는 급하게 취소가 된 후다.

그리고는 '긴급 속보'를 화면에 대문짝만하게 올리며 정부의 대테러 작전에 대해 소개가 시작된다.

역사상 최초의 테러 현장에 대한 LIVE 중계였다.

보도국장 헤롤드는 마른 침을 삼키면서 상황을 진두지휘하느라 여념이 없었다.

방송사는 화제성에 특히나 민감했고, 그의 커리어로 볼 때 가장 중요한 순간이 아닐 수 없다. 그는 강하게 투덜거렸다.

"미치겠군. 사장이 최종 재가를 내렸지만 과연 이게 옳은 걸까?"

사라는 옆에서 팔짱을 낀 채 승무원이 좌석을 오고가는

몰래 카메라 영상을 응시하면서 미간을 찡그렸다.

"어차피 정부에서도 현 정권의 치적을 보여주기 위해서라도 영상 공개하는 것을 허락했잖아요? 그러니 별 일 있겠어요?"

"하지만! 생방송이잖아? 정부의 지침에 어긋나는거라고. 젠장!"

"우리 국장님? 겁먹었나 보네요. 후후."

"이러다 예전에 세금 탈루한 것까지 문제 삼아 날 감옥에 쳐 넣을지 누가 알겠어?"

"그러니 평소에 잘하지 그랬어요?"

헤롤드는 복잡한 표정을 지으면서 언성을 높였다.

"나도 내 나름대로 열심히 인생 살아 왔다고."

"그보다 저 비행기? …정말 이륙을 하려나 본데요?"

"설마 진짜로 비행기를 띄울까? 그러다 잘못되면 그 뒷감당을 어쩌려고?"

"글쎄요? 그보다 맥도웰! 진짜 어디를 찍는 거야? 저, 저! 멍청이!"

그녀의 말처럼 맥도웰의 안경, 잭의 시계에 장착 된 초소형 장비가 위치상의 문제 때문에 제대로 된 화면이 안 잡혔던 것이다. 하지만 그들은 베테랑이었다. 억지로 몸을 비틀어 그 둘의 대각선 앞쪽에 있는 테러범 4명의 시야를 확보했다.

그러던 그 때 백악관의 행정 수석실에서부터 ABC 방송국에 전화벨이 요란하게 울려댔고, 거의 울상이 된 부하 직원이 최종 책임자인 헤롤드에게 다가와 묻기 시작했다.

"어떻게 하죠? 국장님? 백악관에서 노발대발하는데?"

"어떻게 하긴!"

헤롤드와 사라, 그 외에 고위 간부들은 서로 눈빛을 회피하면서 말꼬리를 흐렸다.

"없다고 해! 애초에 그렇게 하기로 작전 짜고 한거였잖아?"

"저… 국장님!"

"왜? 또?"

"백악관에서만 연락이 온 것이 아닙니다. 조금 전에는 유럽에 계신 ABC 미디어 그룹의 회장님까지 담당자 연결하라고 독촉인데 어떻게…."

"젠장! 없어! 없다고 해! 알았어? 이 라이브 중계가 끝날 때까지 어떤 전화도 나한테 연락하지 마!"

"국, 국장님?"

"좋아. 책임은 나중에 내가 다 책임질테니. 무조건 내 탓을 하라고 알겠어?"

"네"

그 와중에도 유명 앵커인 조세 브라운은 항공기 테러의 진정한 배후 및 이번에 투입된 테러 진압 요원의 정체에

100초를 향해서 5

대해서 침을 튀기며 이야기를 하는 중이었다.

뉴스 데스크의 열정적이고 분위기와 달리 TWA보잉 747비행기는 예상을 깨고 이륙하기 시작했다.

✳

지상에서 현재 어떤 해프닝이 발생한지 모르는 맥그웰은 따분하게 물만 들이키면서 진압 요원으로 추정되는 이들의 낌새만 주시하고 있었다.

그리고, 정말로 비행기가 활주로를 벗어나 하늘을 날자 결국 나지막하게 욕설을 내뱉어야 했다.

"정말로 이륙시키는거야? 이런 미친 놈들!"

대체 정치인들의 머리 속에는 뭐가 있는 것일까? 그 순간 드라이버가 있다면 파헤쳐서 정치인의 뇌를 구경하고 싶다는 강렬한 욕구가 들었다.

아무리 극적인 상황을 연출하고 싶다고 해도 그렇지 이건 아니었다.

만약 예기치 못한 불상사라도 발생하면 어떻게 하자는 것인가.

그로서는 이 작전을 기획한 놈은 분명히 출세를 위해서라면 자기 마누라까지 팔 놈이라며 육두문자로 한바탕 비난을 퍼부었다.

테러 용의자 네 명은 여전히 서로 모르는 사람들처럼 조용히 음악을 듣거나 혹은 영화를 감상했다.

'저들은 자신들이 트루먼 쇼의 주인공이 된 것을 알까?'

문득 우습다는 생각이 든다.

물고기가 수족관에서 노는 모습을 인간이 구경하는 것처럼 희한한 느낌이다.

다시 1시간이 더 흘러갔다.

항공기가 예정된 고도까지 올라온 것을 확인한 테러 용의자들이 움직인 것이다.

그들은 눈치를 살피더니 각각 몰래 반입한 권총을 핸드캐리 가방에서 꺼내면서 벌떡 일어서며 외쳤다.

"모두들! 조용!"

"뭐, …뭐야?"

"쌍! 뒈지기 싫으면 움직이지 마! 조금만 움직여도 대가리에 구멍 뚫어버린다."

"Oh My God!"

"조용해!"

"혹시… 테, 테러범?"

"죽고 싶어? 콱!"

그들 4명은 조종석과 승무원이 있는 곳, 탑승객이 앉아 있는 곳을 누비면서 권총으로 위협을 하고 있었다.

이 중에는 미리 언질을 받은 승무원은 그래도 크게 당황

하는 모습이 없었으나, 그 외에 백여명이 넘는 다른 승객들은 거의 패닉 상태에 휩싸여 새파랗게 질려 있었다.

뒤쪽에서 약간씩 우물거리는 소리는 마치 도살당하는 돼지가 끌려가기 싫어서 토해내는 비음처럼 기괴한 장면을 연출할 뿐이다.

맥그웰은 좀 더 화면을 담기 위해 고개를 이리저리 돌리며 테러범의 종적을 쫓았다.

그러면서도 그는 진한 의문을 떠올리지 않을 수 없었다.

'어째서? 작전 요원들이 움직이지 않지?'

이건 너무 위험하지 않는가.

하지만 진압 요원들을 유심히 살피자 그는 이내 – 그가 알지 못하는 어떤 안전장치가 비행기 내에 존재하고 있음을 확인할 수 있었다.

그도 그럴 것이 그들에게는 이런 급한 상황에 있을 수 있는 두려움이 전혀 엿보이지 않았던 탓이다.

✳

테러 분자들 중 리더로 짐작되는 인물이 마침내 목소리를 크게 높였다.

"우리는 아랍의 알카에다–알지하드의 특전사들이자 국제 이슬람전선 이메라사의 간부들이다. 우리의 목적은 단

하나! 미제국주의자들이 중동 패권에서 사악한 손을 떼고 이스라엘을 지원하는 행위를 규탄하고자 그에 대한 본보기로 이 항공기를 납치 한 것이다."

그 순간 맥그웰은 문득 어쩌면 음성 신호가 제대로 송출되지 않을지 모른다는 걱정을 했다. 아마 정상적으로 신호가 전달된다면 지금쯤 방송국 데스크에서는 이 장면을 보면서 열띤 토론에 한창일 것이다.

그렇게 테러범이 스스로 자신의 정체와 목적을 당당하게 언급하면서 이슬람 찬양에 한창일 때를 틈타서 누군가가 벌떡 일어서면서 크게 외쳤다.

"잡아!"

"으악!"

그 순간 고함이 여기저기서 터졌다. 남자의 신호를 시작으로 수 십 명에 달하는 작전 요원들이 움직였던 것이다. 그들은 번개처럼 빨랐다.

동시에 기내는 이 돌발 사태에 아수라장으로 변하고 있었다.

하지만 테러범들은 손에 든 권총의 조준구를 틀어서 자신에게 달려드는 작전 요원을 향해 방아쇠를 당겼다.

뒤에서 누군가 외쳤다.

"죽어!"

"공포탄으로 바꿔놨으니 안심해!"

"이, 이익!"

탕, 탕!

4명의 테러범을 진압하는 과정에서 결국 2방의 총소리가 울려 퍼졌다. 그 소음은 피아노 합주단의 음율보다는 크지 않았고, 전혀 감미롭지 않은 공포의 소리였다.

"으아악!"

찢어질 것 같은 고함이 터졌다.

그 고함은 날카로운 송곳처럼 장내를 휘감으면서 파괴했다.

고작 2-3초가 지났을까. 대테러 진압은 눈 깜빡할 사이에 이루어졌다.

4명의 테러범들은 건장한 남자들이 달려들자 권총을 발사했으나 불운하게도 총알은 살상력이 없었던 것이다. 이미 공항에서 권총을 밀반입할 때 교묘하게 공포탄으로 바꿔치기를 한 탓이다.

그 때문에 테러 용의자들은 너무 허무하게 체포 되고야 만다.

테러 진압 작전의 리더로 보이는 남성은 두 손에 수갑이 채워진 채 바닥에서 몸부림치는 용의자를 가르키며 부하에게 급하게 지시했다.

"무기 다 빼앗고 소지품부터 조사해!"

"네."

맥그웰과 잭은 서로 뜻 모를 미소를 지으며 일어서서 하이파이브를 했다. 얼마 후, 장내가 정리되자 작전 대원 중 책임자급이 다가와 경직된 얼굴로 말했다.

"수고하셨습니다. 딱 하나만 부탁 드리죠."

"뭐죠?"

"당신도 눈이 있으니 우리가 많이 고생했다는 것을 알 겁니다. 공포탄 이야기는 어떤 일이 있어도 발설하지 말아 줬으면 좋겠소."

그 말에 맥그웰은 한동안 어이가 없다는 표정을 드러 냈다.

하지만 순간적으로 그들도 한 가정의 아버지라 생각하자 마음이 약해졌고 환하게 미소를 짓는다.

"알겠소. 뭐, 선의의 거짓말도 필요할 때가 있을 테니."

"고맙소. 당신은 훌륭한 미국인입니다."

100조를 향해서

NEO MODERN FANTASY & ADVENTURE

Part 17-2. The journey is the reward

Part 17-2. The journey is the reward

　　뉴욕을 떠나 파리로 향하던 여행객을 태운 비행기가 하 이재킹이 될 뻔했다.

　　스스로를 중동 알카에다 휘하의 간부라고 정체까지 밝 힌 테러 용의자들은 수 백 명의 미국 시민을 위협했다.

　　만약 사전에 항공기 테러가 발생할 것이라고 정보를 얻 지 못했다면 꼼짝없이 수 백 명의 목숨이 덧없이 사라질 수 있었던 전대미문의 사건이었다.

　　그런 탓에 백악관 안보 수석 테일러 드론은 이례적으로 기자회견을 자청하면서 결연한 어조로 이번 사건에 대한 백악관이 미국의 안보를 위해 노력한 점을 브리핑을 시작 했다. 그리고 그는 모처럼만에 질책이 아닌, 만장일치로 정치부 기자들에게 박수를 받았다는 후문이다.

실제 귀로 듣는 것보다 눈으로 보는 시청각 효과는 그야말로 대단했다.

언제나 헐리웃 영화에서만 보던 장면이 ABC 방송을 통해 생생하게 중계가 되었다. 미국의 테러 진압 요원이 침착하게 이슬람 과격분자를 체포하는 정의로운 모습은 환상적이었다.

그러니 방송을 시청한 국민은 당연히 미국에 대한 애국심 고취로 이어질 수밖에 없었다.

오죽하면 평소 친공화당 성향의 정론지인 폭스 뉴스의 편집장조차 바로 다음 날 이런 칼럼을 내보냈을까?

– 언론의 사명은 비판하는 것이다. 하지만 이번 사건을 취재하면서 과연 비판만이 옳은 것인지 스스로 회의감을 느끼게 했다. 물론 극적인 효과를 위해서 다소 고의적으로 테러 용의자를 방치한 점은 잘못되었다 할 수 있으리라. 그럼에도 우리가 간과한 것은 테러 정보를 먼저 입수하고, 항공기 테러범과 목숨을 걸고 맞서 싸운 테러 진압 요원에게는 경의를 표하고 싶다는 점이다. 나는 자랑스럽다. 미국땅에 미국인으로 생활하는 것이 자랑스러울 뿐이다.

그 외에도 평소 눈에 불을 켜고 비판만 하던 공화당조차 박수를 쳤다. 그만큼 무수한 생명을 살린 사건은 보기 드문 미담이었다. 이를 기회로 미국 내 모든 언론은 서로 짜기라도 한 듯이 찬양 일색의 기사로 도배를 시작했다.

– 사상 초유의 항공기 테러 사건 현장 진압!

– 아랍의 봄은 영원히 오지 않을 것인가? 미국은 테러에 굴복하지 않는다.

– 실탄에 맞서 싸운 영웅들의 귀환!

그 때문일까?

연이어진 애국심 고취는 결국 정치권까지 거대한 태풍으로 강타하게 된다.

1996년 7월 22일 미국 갤럽의 여론조사에 따르면 빌 클린턴의 지지율은 지난 달 42.1%에서 무려 9.3%가 폭등한 51.4%를 기록했다고 보도했다. 이 수치는 불과 얼마 전까지 증세와 복지 문제로 오차범위 內 접전을 거듭하던 밥돌 상원의원을 큰 폭으로 따돌렸다는 점에 있었다.

당연히 다음 대선의 연임을 노리던 클린턴 행정부로서는 자축의 샴페인을 터트려야 했다.

물론 이 수치가 꾸준히 계속 지속되지는 않겠지만, 그래도 적어도 고귀한 인명을 구해 낸 클린턴에 대한 선견지명과 결단력에 대한 찬사로서 부족함은 없으리라.

✳

"검사님? 그래도 이건 아니지 않습니까?"

"아니? 대체 뭐가 아니라는 거야?"

"대한민국에 법이 살아 있다면 이러시면 안 되죠. 그 놈들한테 떡이 되도록 맞아서 바로 어제까지 입원해 있던 사람이 저입니다. 억울합니다."

서울 서부 지검의 검사 이후영은 다소 짜증난다는 눈빛으로 눈앞에 머리가 긴 젊은 남자를 쳐다보는 중이다. 조서를 바탕으로 보면 그의 반발을 이해 못할 것은 없지만 직업상으로 마주하게 되니 제대로 일이 진전이 안 되고 있었다. 이럴 때 보면 검사라는 직업이 반드시 좋은 것은 아닌가 보다.

그는 타이핑을 치면서 한숨을 내쉬었다.

"대체? 뭐?"

"위에서 어떻게 지시를 받은지 모르지만 잡으라는 조폭은 안 잡고 이러시면 안 되지 않습니까?"

찬형은 정말로 억울하다면서 언성을 높였고, 자신의 입장을 거칠게 설명했다. 허나 그럴수록 검사의 얼굴은 지친 기색이 역력해 보였다.

그렇잖아도 어제 여자 문제로 부부싸움을 하느라 새벽 2시까지 잠을 못 자 피곤에 절어 있었다. 결국 이후영은 감정을 조절하지 못하고 테이블을 강하게 치면서 화를 냈다.

"이봐! 당신! 검찰청이 애들 장난 하는 곳인줄 알아? 정말 그 따위로 나올거야? 내 손에 따라서 당신 형량이 결정된다는 그런 상식도 모르나? 대한민국 현직 검사가 네 눈에는 우습게 보이냐? 앙?"

"…그건 아니고. 너무 답답하니까 그런 것 아닙니까?"

"씨발! 조폭이든 나발이든 그 사건과 당신 사건은 별개라고 몇 번을 말했어? 어디 보자. 폭행에… 불법 영업에, 미성년자 매춘이라? 어린 놈의 새끼가 돈 좀 있다고 아주 가관이군. 가관이야."

찬형은 이후영이 그가 이곳에 온 이유를 설명하자 입술을 강하게 깨물며 도리질했다.

"아니? 검사님도 생각해 보세요. 남의 영업장에 양아치들이 깽판을 치는 데 가만히 있는 게 더 이상하지 않습니까?"

"그래도 그렇지. 법이라는 게 왜 존재하는데? 야간에 야구 배트로 휘둘렀으니 가중 처벌 당하는 건 방법이 없어. 문제가 있으면 신고를 했어야지. 안 그래?"

"요즘 대한민국 법률을 믿는 사람도 있습니까? 그 때 그 상황에서 검사님이라면 신고를 하겠습니까?"

"이런 쌍! 입이 시궁창이야? 그렇게 법을 못 믿으면 당신 혼자 무인도에 가서 살든가? 누가 법을 어기래?"

"좋습니다. 그건 그렇고 불법 영업과 미성년자 매춘은 대체 뭡니까?"

찬형은 이 기가 막힌 상황에서도 억지로 침착성을 유지했다. 하지만 손등이 부르르 떨리는 것까지 진정시키기는 어려웠다.

"말 그대로야. 당신 가게에 누군가 신고를 했고 조사를 해보니 그렇게 나왔다는거야. 근데 오리발 내빼는 재주가 대단한가 보네? 누가 보면 진짜 모르는 줄 알겠어?"

"거짓말 하지 마세요."

"어쮸? 이젠 덤비냐? 이 새끼! 이거 악질이네?"

"악질이라니요?"

"이걸 콱! 애초 구청에 올린 소방법과 다르게 구조물 네 마음대로 변경한데다 심야 영업했잖아. 그 중에 미성년자도 있다는 것 몰라? 이미 마포 구청에서 영업 정지 3개월 때리고 검찰에 고소해서 우리에게 이관된거야."

"네엣?"

찬형은 영업정지를 당했다는 소식에 순간 얼굴빛이 하얗게 변해 있었다.

어째서 아무도 그에게 이런 소식을 알려주지 않았을까. 궁금증이 치밀어 올랐다.

당장 3개월이나 가게를 열지 못하다니?

매출 손실도 문제였지만 피렌체의 이미지 하락은 불가피 할 것이다.

아무래도 심상치 않은 느낌이다. 찬형은 마른 침을 삼켰고, 동공은 저절로 확장되었다.

"영업정지 3개월이요?"

"이거야 원! 정말 몰라?"

"몰라요. 지금 처음 듣는 이야기입니다."

"휴우, 애들 장난치나? 당사자가 모르다니 기가 막히군."

"병원에서 2달 넘게 누워 있다가 검찰로 출두하라고 해서 이제 막 온 겁니다. 그러니 모를 수밖에요."

"좋아. 그보다 매춘은 어떻게 설명 할거야? 미성년자인 여자애들을 불러서 피렌체에 마련된 모텔에서 매춘을 시켰다고 나오는군. 너? 제정신이야? 이미 증인까지 있는 상황에서 자꾸 거짓말하면 법정에서 형량만 높아질 뿐이야."

"증인이라니? 대체 누구 말입니까? 데려와 보세요."

이후영은 냉랭한 어조로 톡 쏘며 말했다.

"데려오기는 뭘 데려와? 왜? 보복하게?"

"그쪽 말대로 규정 좀 어기고 심야 영업하고 구조 변경한 건 인정합니다. 하지만 우리 가게에서 미성년자들 데려다가 매춘을 시켰으면 콱 혀 깨물고 죽지 뭣하러 삽니까?"

"진짜 독종은 독종이네."

"그딴 헛소리하지 말고 만약 거짓말이면 누가 책임질겁니까? 이건 분명히 피렌체가 잘 되니 건물주인 성동수가 먹으려다 발생한 사건이라고 몇 번을 말했습니까? 그러니 성동수를 잡다다 조사하는 게 정상 아닙니까?"

이후영은 안경에 묻은 먼지를 닦아내면서 기묘하게 웃었다. 되도록 공평하게 사건처리를 하려고 해도 감정적으로 쉽지 않았기 때문이었다.

결코 좋아할 수 없는 유형이었다.

중고등학교, 대학교를 평생을 공부만 파면서 그는 불행하게도 그 시절, 찬형과 같은 양아치를 적지 않게 접했었다.

사법 연수원에서 황금 같은 청춘을 다 버리고 검사가 된 지금 이 순간에도 그를 벌레를 바라보듯 쳐다보는 저 시선에 순간 비위가 틀림을 느낀 것이다.

"무슨 근거로? 단지 가게 좀 비워달라고 했다고? 듣기로는 그 쪽에서도 당신이 가게 빼주면 충분히 보상금을 준다고 했다면서? 그리고? 그 외에 당신 가게에 양아치를 동원해서 가게에서 소란을 부린 건 앞뒤 정황으로 아예 배제하기는 어려워도 성동수가 이 모든 배후에 있다는 것에 대해 무슨 증거가 있다는거야? 안 그래?"

"그래서? 그 쪽은 수사를 안 하겠다는 겁니까?"

"야! 이 또라이 새끼야! 수사를 하고 안 하고는 우리 마음이야. 네가 여기서 왈가불가할게 아니라고. 젊은 나이에 돈 좀 벌었다고 세상이 네 것처럼 느껴지냐? 대기업이사도 여기서는 꼼짝 못해. 앙? 자꾸 여기서 깝치면 바로 구속시킬 수 있으니 조심해."

검사의 살기 어린 시선에 찬형은 지친 표정으로 눈꺼풀을 감더니 나지막한 어조로 말했다.

"좋아요. …그럼 그 증인이 누군지는 말해주면 안 됩니까? 정말 억울해서 그렇습니다."

"왜? 여기서 나가서 보복하게?"

"아니에요."

"양아치 같은 새끼! 너 같은 놈들 생리를 잘 알지. 툇!"

"그렇게 자신하면 말해주면 되잖아요?"

"어이구. 네 인생이 불쌍해서 말해주마. 얼마 전까지 너네 가게 총괄 매니저였던 놈이 다 불었어. 지금까지 여자를 어떻게 공급해서 손님에게 제공했는지 너희 가게 CCTV에도 찍혀 있으니 깝치지 마."

"…설, 설마? 준수 형이?"

"왜? 꼴에 배신감이라도 느낀거야?"

"……"

"쯧! 아직 어리군. 네 놈 옆에 붙어 있다가는 잘못하면 피박 쓰겠다고 생각하고 미리 영리하게 손 뺀 것 같은데 아닌가?"

찬형은 도저히 믿기 어렵다는 듯 강하게 부정했다.

"그걸 나보러 믿으라고? 그럼 하지도 않은 매춘도 준수 형이 말했다고? 큭큭. 미치겠군."

"이 미친 놈! 야! 당장 일어서서 저기 벽 보고 서 있어."

"뭐요?"

"어서! 아니면 너 하나 따위 감방에서 10년 썩게 하는 건 일도 아니야. 이 새끼가 봐주니까 검찰청이 애들 장난인 줄 아나. 일어나!"

"…정말 사실입니까? 준수 형이 증인 섰다는 게?"

"아주 쇼를 하셔. 일어서! 벽 보고 반성이나 해."

"……"

"바빠서 네 놈과 입씨름할 자신도 없다. 반성하는 자세 봐서 형량은 조절해 줄테니."

"후후, 그러죠. 그게 뭐 어렵다고."

찬형은 눈을 미세하게 찡그리더니 바로 일어서서 그의 말처럼 벽을 보고 섰다. 검사는 이런 찬형이 굴복하는 모습에 흡족하게 쳐다보았다.

그의 눈빛은 전형적인 권위자의 모습이었다. 하지만 찬형은 지금 제정신이 아니었다. 자조적인 빛으로 멍한 듯 하얀 벽만 본 채 서 있었다.

기억을 떠올렸다. 지난 두 달 넘게 병원에서 거동이 불편한 채 입원해 있던 찬형에게 처음 2-3주 동안은 가게의 매니저인 준수 형은 수시로 왔다 갔다 하면서 그의 수발을 들어주었다.

그러다 어느 날부터 연락이 끊겨서 내심 걱정을 했으나, 그 때까지만 해도 움직이기가 어려워서 어찌할 도리가 없었다.

그런데 정작 검찰청에서 그 이름을 듣게 되자 허탈한 감정에 온 몸의 수분이 쫙 빠지는 그런 기분이었다.

검사의 위협에 굴복했다는 모욕감이 아니다. 그저 극심한 배신감에 서러울 정도로 한기가 들었다.

어째서 미성년자 매춘 행위가 그에게 덧씌워졌는지 이제야 차츰 이해가 된다.

비록 극단적인 가정이라 해도 굳이 설명 못할 이유도 없었다.

성동수의 접근과 김준수에 대한 회유, 그리고 거짓 증언. 거기에 돈이라는 탐욕의 유혹은 쉽게 거절하기 힘들지 모를 것이다.

마치 거대한 철벽을 보는 것 같았다.

종우의 그 날 이후로 장애인이 되어 목발을 짚고 다녀야 했다. 그의 모든 것이나 마찬가지인 가게는 한순간에 풍지박산이 되었다.

말도 안 된다. 지금 이 상황은 현실이다. 드라마의 한 장면이 아니다. 강하게 혀를 깨물었다. 뒤이어 극심한 고통에 신경 세포를 자극했다. 지금 이 순간이 거짓이 아님을 깨닫게 된 것이다. 찬형은 태어나 처음으로 누군가에게 적의감을 느꼈다. 그 적의감은 날카로운 예기를 뿜어내며 가슴 속에 칼을 갈고 또 갈았다.

✳

강대수는 거울에 비춰진 자신의 알몸을 보면서 무뚝뚝한 모습으로 옷을 주섬주섬 입고 있었다.

빗으로 머리를 정돈하면서 호텔에 비치된 스킨을 목덜미에 바르던 그 때, 침대에서 누군가가 꿈틀거리며 나긋한 목소리가 들려왔다. 그 음성은 부드러웠고 감미로운 앳된 여자의 것이었다.

"벌써 가려고?"

"응. 넌 조금 더 쉬어."

"오빠도 참. 어떻게 그렇게 해?"

"회사에 돌아가서 결재 할 것도 좀 있고 저녁에 모임도 있어서 가봐야 돼."

"아함!"

윤설아는 꽃무늬 팬티만 입은 채로 일어나더니 헝클어진 머릿결을 매만지며 담배부터 찾았다. 불이 붙여지고 매끈한 알몸을 드러내면서 투덜거렸다.

"어제 촬영 때문에 잠도 못 자서 그런가? 졸려 죽겠네."

"내일까지는 촬영 없다고 하지 않았어?"

"그거야 그렇지만. 연습해야지."

"…왜? 많이 힘들어?"

"응. 생각했던 것보다 힘드네."

"그래서 내가 영화에 넣어주겠다고 했잖아? 아무래도 드라마는 우리가 컨트롤하는 데 한계가 있어."

"잠도 잠이지만… 그보다 PD가 너무 까칠해."

강대수는 무언가를 생각하더니 고개를 끄덕였다.

"거기? 김상혁 피디인가? 원래 유명하지. …방송계에서. 워낙 까칠하지만 그래도 작품은 잘 만드는 사람이야."

설아는 약간 처연한 빛으로 혼자서 중얼거렸다.

"어제 제작진 다 있는데서 완전 사람 무시하면서 까는데 정말 기분 비참했어. 아무리 신인이라도 그렇지. 내가 누구 빽으로 들어간지 대충 눈치챘을 텐데 저러냐?"

"됐어. 그러면서 배우는 거야. 그리고 김상혁이는 설아 네가 나랑 관계있다는 것도 몰라."

"알았어. 뭐, 내가 부족해서 그런 거지."

와이셔츠의 마지막 단추를 잠그던 강대수는 흥미롭다는 듯이 윤설아를 다시 훔쳐 보았다.

도도하면서도 귀여움이 공존하는 설아는 다리를 꼰 채 연신 입으로 연기를 빼끔거렸다.

그녀는 최근 그와 육체적인 대가를 바탕으로 스폰 관계를 맺고 있는 신인 탤런트였다.

키 172cm의 늘씬한 몸매에 청순한 외모와 긴 생머리가 순정 만화 속에 나오는 주인공처럼 닮아 있었다. 그녀는 지금까지 그의 손을 거쳐 간 스폰 관계의 여자들과는 많이 달랐다.

확실히 열정적이었고, 아름다웠으며 ─ 그것이 비록 연극이라 해도 남자의 기분을 맞춰주는 법을 잘 안다.

윤설아는 돌연 등 뒤에서 강대수의 목을 감싸 안더니 연신 혀와 손끝으로 핥으면서 애교를 부렸다.

"우리 한 번 더 할까?"

"힘들어. …이제 곧 있으면 육십이야."

"후후, 울 오빠 이러니까 늙긴 늙었나 보다. 그런데 어쩌냐? 난 무지 좋은데?"

"까불기는. 아무튼 혹시 드라마 촬영하는데 문제 있으면 나보다는 이 상무에게 이야기해. 그러면 웬만한 문제는 다 해결될거야."

"왜?"

"그런 작은 일에 내가 나서기는 내 체면도 있으니 어쩔 수가 없어."

"알았어. 우리 오빠 맞아 거물이었지. 아무튼 잘 가. 밤에 딴 여자랑 만나지 말고 설아 생각만 해야 돼? 알았지?"

강대수는 주머니의 지갑에서 비자 카드를 꺼내더니 설아에게 건네면서 미소를 지었다.

"그래. 우리 귀염둥이. 여기 카드 있으니 이걸로 호텔비 계산하고 사고 싶은 것 있으면 마음대로 써. 어차피 법인 카드니까 괜찮아."

"아냐. 여기는 내가 계산할게."

"갑자기 왜 그래?"

"흐흐. 어차피 오빠도 월급쟁이 아니야? 오빠가 약속대로 주말 드라마에 주연으로 꽂아 준 것만으로도 난 만족해."

"여우인줄 알았더니 곰탱이네?"

"말을 해도!"

"알았어. 그러든가."

강대수는 설아의 거절에 다시 카드를 회수한 후, 무뚝뚝하게 등을 돌려나갔다. 허나 뒤에 있던 설아의 눈빛이 그 순간 모호하게 반짝거리는 것은 알지 못했다.

✳

강대수가 호텔 정문을 나서자 대기하고 있던 BMW 520에서 기사가 문을 열어 주었다. 그는 차에 탑승하자마자 기사에게 입을 열었다.

"일단 회사로 갔다가 저녁 7시에 신라 호텔에서 골프 모임이 있으니 거기로 가자고."

"네."

호텔에서 설아와 육체적인 관계를 가진 탓에 몸이 축 늘어져 있던 강대수는 눈을 감은 채 부드러운 가죽 커버의 촉감을 매만지기 시작했다.

그야 말로 부러울 것이 없는 삶이었다.

전 직장이 망하면서 궁여지책으로 옮겨야 했던 과거의 기억이 새록새록 떠올랐다.

그 때만 해도 자신이 지금의 위치에 오를 것은 감히 상상도 한 적이 없었다.

그런데 이 작은 회사가 연예계의 정점에 올랐고, 그룹은 이제는 대한민국에서도 이름만 들어도 아는 대기업이 되었다.

연예계는 화려한 영광과 추악한 냄새가 동시에 진동하는 이중적인 곳이었다.

AMC엔터가 최초로 도입한 아이돌 시스템은 무수한 우려 속에서도 대박 신화를 만들었고 데뷔를 시킨 그룹이나 가수 중에 지금까지 실패한 전례를 찾아보기 힘들었다.

지금이야 아이돌 그룹이 만들어지기 위해서는 반드시 간 연습생 기간을 지나야 정식으로 가요계에 등단하는 것이 프로세스로 정착화 되었지만, 그 때만 해도 아니었다.

그와 함께 그들이 내놓는 노래는 족족 히트를 쳤다. 적당히 빠른 비트, 세련된 리듬, 현란한 안무는 어린 팬덤의 찬양을 이끌어내기 충분했다.

어디 그 뿐인가.

장동건, 이영애, 이정재와 같은 무명들 중 될만한 인물을 집중적으로 밀어줘서 이제 한국의 탑스타 중에 절대다수가 몸을 담고 있었다.

현재 연예계에서 AMC엔터테인먼트의 위치는 가히 독보적이었다.

최근에는 압도적인 자금력을 바탕으로 수많은 드라마 및 버라이어티 외주 제작에까지 손을 대고 있었다.

특히나 영화 시장에서는 올 상반기 기준으로 한국 박스오피스 Top 10에 무려 6개 작품을 올려놓는 기염을 토했다.

얼마 전에 개국한 연예 오락 채널인 A-Net 도 태풍의 눈으로 떠오르는 상황이었다.

그도 그럴 것이 올해 투자금만 3천억을 집행하면서 5년 안으로 3대 공중파와 비슷한 위상을 가져갈 계획을 발표했기 때문이다.

일개 채널에 지상파 방송의 2/3에 해당하는 예산을 쏟아 부을 수 있는 현금 동원력에 시선이 안 쏠리는 게 더 이상할 것이다.

그런 AMC엔터의 사장인 강대수는 당연히 연예계의 제
왕에 오를 수밖에 없었다. 윤설아의 예를 보듯이 출세를
위해서라면 서슴없이 치마를 내리고 엉덩이로 아양을 떨
기를 원하는 여자 연예인은 수도 없이 많았다.

이것은 선악에 대한 문제가 아니었다.

단순히 인간 본연의 욕구로 해석하는 것이 더 옳을 것
이다.

강대수가 가진 것은 권력이었다. 그 권력은 마약과 매우
닮아 있었다.

그는 AMC그룹의 창업 공신 중 하나였다.

그가 벌건 대낮에 윤설아와 그 짓을 서슴없이 하는 –
비교적 모랄 해저드적인 행위를 하는 이유도 다른 데 없
었다.

그 누구도 현재 그의 이런 행동을 간섭할 수 있는 인물
이 존재하지 않기 때문이다.

100조를 향해서

NEO MODERN FANTASY & ADVENTURE

Part 17-3. The journey is the reward

Part 17-3. The journey is the reward

　　오히려 이제 웬만한 위치에 있는 이들은 강대수의 눈치를 설설 보아야 했다. 그가 기분 나빠하면 수십억이 투자된 영화가 망하는 것은 기본이요, 반대로 신출내기 신인 배우도 하루아침에 스타로 만들 수 있는 역량을 지녔다.

　　대표적인 예로 오메가 엔터의 사건이 있다.

　　어떤 이유로 AMC그룹의 눈 밖에 났던 오메가 엔터는 AMC의 전방위적인 보이콧에 결국 스쿠드라는 그룹을 해체하게 된다.

　　그것으로도 모자라서 오메가의 사장이 몇 날 며칠을 기다렸다가 AMC엔터를 찾아가 직접 사과를 하러 간 설화는 아직까지도 이 바닥에서는 유명했다.

그 외에도 KBS방송국의 제작진이 요구한 뇌물을 AMC
엔터가 최초로 거절한 사건도 있었다. 그 때만해도 슈퍼
갑이던 방송국에서는 이 사건을 계기로 괘씸죄를 적용했
고, AMC엔터 소속 연기자 및 가수를 출연시키지 않기로
결정한다.

허나 AMC엔터는 예상과 달리 꿈쩍조차 하지 않으면서
KBS와 힘겨루기를 시작했다.

하지만 KBS에서 시청률 하락 문제로 사장이 교체되면
서 제작진을 전부 하차시키고 막강한 팬덤을 지닌 AMC에
화해를 청했다.

AMC엔터테인먼트의 대내외적인 위상은 확고 불변했
다. 허나 고인물이 썩는 것처럼 견제 세력이 없는 AMC엔
터 자체 내에 문제가 발생하기 시작했다.

그 대표적인 예가 소속사 연예인 노예 계약 및 수입 배
분율이다.

AMC엔터는 회사의 말을 잘 듣지 않는 연기자는 몇 년
이고 계약으로 묶어 놓고 방송 활동을 시키지 않아도 될
정도로 힘이 강한 회사였다.

또한 정치계 혹은 언론의 고위 관계자들에게 여자 연예
인을 은밀하게 상납하는 더러운 짓까지 벌였다.

이미 회사의 정직원 숫자만 수백명이 넘었고 AMC엔터
휘하로 미니 자회사만 8개가 또 존재했다.

물론 외부적으로 공표를 할 때 자회사를 8개나 둔 것이 미국의 레코더 레이블 시스템을 본 따 만든 혁신적인 프로세스라고 설파했지만 그 이면에는 비자금과 같은 몇 가지 꿍꿍이도 한 몫을 했다.

그렇게 AMC엔터는 강대수의 제국으로 변질되고 있었다.

그것은 악취였다.

더럽고 매스꺼운 부패였다.

강대수에게 충성하면 임원의 자리가 선물로 주어졌고, 따르지 않는 이에게는 상대적인 보복이 이어졌다.

강대수는 사무실에서 서류를 훑어보며 그가 가장 신뢰하는 이영재 상무에게 시선을 돌렸다.

"그래? 할 말이 있다고?"

"네. 최근 그룹 감사팀이 움직인 모양입니다."

"감사팀?"

"네."

"미친놈들. 할 짓 더럽게 없나 보네. 대체 누가 지시한 거야?"

"최 회장인 것 같습니다."

"최 회장이라? 그룹에 누가 투서 넣었다고 하던데 그 때문인가?"

"아무래도 그런 것 같습니다. 거기다 지난 주 모 일간지에 보도된 J양 비디오 사건도 영향을 끼친 모양입니다."

"멍청한 년! 끝까지 속 썩이네."

"죄, 죄송합니다."

"그래서 정미라는? 잘 처리했고?"

"돈 쥐어주고 미국 유학 보내는 것으로 끝냈습니다."

강대수는 짜증난다는 듯 인상을 찡그리면서 담배에 불을 붙였다.

J양 비디오 사건은 AMC엔터가 지분을 가지고 있는 자회사인 가우스 엔터 신분이던 정미라가 고위층 자제에게 성접대를 하다가 그들 중 또라이 하나가 몰래 비디오를 찍었던 사건을 의미했다.

그러다 우연한 기회에 실수로 그 동영상이 퍼졌고 세운상가를 통해서 불법 포르노 비디오 테이프로 둔갑해서 팔려나갔다.

그렇게 시간이 흐르고 이 영상을 본 이들은 하나 같이 정미라를 찍었다. 캠코더 유출본 치고는 화질이 잘 나온 탓이다.

당연히 소속사에서는 근거 없는 헛소문이라며 소문을 유포하는 이는 무조건 처벌할 것이라고 강경대응으로 간신히 진정시켰다.

하지만 몇 몇 언론이 문제였다. 최근 들어 다시 잠잠해진 사건을 귀신같이 냄새를 맡고 취재에 들어가자 AMC

엔터에서는 모든 라인을 다 동원해서 언론 단속에 나서야 했다.

하지만, AMC엔터의 영향력이 아무리 강하다 해도 언론 통제는 한계가 있었다. 대한민국에 언론이 어디 한 둘인가?

그 중 몇 몇 통제가 안 되는 미디어에서 결국 터트리고야 만다. 물론 큰 영향은 없었지만 아무래도 알게 모르게 AMC엔터에게까지 안 좋은 소문이 퍼지는 중이었다.

강대수는 야심이 큰 전형적인 호한이다.

그가 굳이 번거로움을 무릅쓰고 유력 인사에게 여자를 제공한 이유는 미래에 정치인이 되기 위한 일종의 포석이었다. 아무리 AMC엔터가 잘나간다 해도 결국 오너의 말 한마디에 잘리는 월급쟁이에 불과했기 때문이다.

정치인이 되기 위해서 사회 고위층과의 인맥은 필수라 할 수 있다.

특권층은 서민과 다르기에 흔히들 특권층이라 부른다. 수많은 경쟁을 뚫고 승자가 되어 특권층이 된다면 인간은 당연히 그에 따른 보상을 바라는 것이 인지상정이다. 멋진 차, 좋은 집과 같은 물질적인 안락도 그 정도 수준이 되면 별 것 없게 된다.

그러면 당연히 보다 자극적인 쾌락을 쫓을 수밖에 없다. 그 안에는 성욕이라는 추악한 괴물도 포함된다.

아니, 어쩌면 성욕보다는 젊음을 사는 것일 지도 모르리라.

강대수는 답답하다는 듯 언성을 높여야 했다.

"아무튼 자회사에 입막음 단단히 시켜."

"큰 문제는 없을 것으로 보입니다. 어차피 외부에서 볼 때는 경영 참여가 아닌, 지분 투자 형식이라 책임 문제로 여기까지 불똥이 튈 이유는 없을 겁니다."

"그래. 다시 말하지만 어떤 일이 있어도 AMC엔터까지 불똥이 튀기는 건 안 돼. 그 정도는 알지?"

이영재 상무는 강사장이 껄끄러워 하는 이유를 이해한다는 표정으로 미소를 보였다.

"그럼요. 사장님."

"좋아. 그리고 저번에 사람 써서 조사해 보라는 건 어떻게 되었어? 왜 보고가 없어?"

"최 회장님쪽 말씀입니까?"

"쯧, 거기 말고 뭐가 있어?"

"최 회장쪽은 워낙에 사생활이 깨끗해서 여자관계는 문제가 없었습니다. 단지 납품 업체와 유착 관계가 있는 것 같다고 하지만 그게 확실한 물증을 찾기가 어려워서…."

"어떤 수를 써서라도 찾아야 돼. 헤게모니 싸움인데 여기서 밀리면 골 아파진다는 건 알거 아니야?"

"네."

300

"그룹 감사팀이 뜨기 전에 문제가 될 부분은 어떤 일이 있어도 잘 처리해 놓도록. 이건 내 목이 날아갈 수도 있는 중요한 문제야."

"명심하겠습니다. 근데 알다시피 돈으로 막아야 하는 경우도 있는 데 이 경우 어찌 해야 할지 지침을 주시면 좋겠습니다."

"……."

강대수는 금고에서 문을 열더니 십만원권 백장으로 묶여진 하얀 수표 다발 10개를 이 상무에게 던져주며 당부했다.

"1억이야. 비자금이니 이걸로 일단 쓰고 어디에 썼는 지 명목만 말해주게. 부족하면 더 이야기하고."

"알겠습니다."

"명예회장이 가장 신임하는 사람이 최상철이야. 어설프게 건드리면 아예 안 건드리는 게 나아. 오히려 우리가 꼬꾸라질 수도 있으니 조심하라고."

"네."

※

"누가 오셨다고?"

"아마존의 제프 베조스씨가 면담을 요청하셨습니다."

"미리 선약이 되어 있었나요?"

"그건 아닙니다."

여비서의 나긋한 목소리는 전화 교환기를 통해서 매끄럽게 들려왔다. 느긋하게 출근해서 도넛으로 식사를 하던 현수가 기묘한 표정을 보인 것은 그 시점이다.

그는 손에 쥔 뉴욕 타임즈를 옆으로 내팽개쳤고, 또렷한 어조로 냉랭하게 지시했다.

"지금 바쁘다고 정중하게 말하고 돌려보내세요."

"네."

현수는 대화가 끝난 후 자기도 모르게 웃음을 터트렸다.

제프 베조스가 뉴욕까지 직접 찾아오다니!

순간 알 수 없는 희열감에 뿌듯함을 느꼈다. 그것은 마치 투우사가 거친 혈투 끝에 소를 눕히고 괴성을 지를 때 접하는 강렬한 아드레날린의 분출과 유사했다.

꽤 흥미로웠다.

직감적으로 느낀 점은 그가 Book wire에 우회적으로 적지 않은 자금을 지원한 결과가 이런 식으로 나타났다고 확신했다.

어쨌든 확실한 점은 예상 외의 방문이라는 것이다.

아마존이 보유한 현금이라면 아무리 경쟁업체가 단가 할인과 같은 파격 공세로 몰아 붙이고 공격해도 적어도 그 기간이 1년 이상은 걸릴 것으로 보았던 탓이다.

Book-wire와 맞불 작전을 놓은 것인가?

치킨 게임인가?

그래서 둘 다 손해를 본 것이고?

그가 내린 결론은 둘 다 상당한 출혈을 감수하고 함께 피해를 입은 것이다. 물론 그 이면에는 새롭게 열리는 인터넷 전자책 시장의 헤게모니를 쥐기 위한 전쟁이었을 것이다.

첫 등정에 성공한 산악인이 가장 조심해야 할 것이 자신감이다. 산이라는 것은 약간만 삐끗해도 영영 돌아오지 못하는 추락으로 이어지기 때문이다.

그리고 이미 그는 발을 잘못 디뎠을 것이다. 영원히 회복할 수 없는! 아마존 대표가 그를 선약도 없이 방문했다는 것은 투자 요청 외에는 없었다.

현수는 미소를 지었다. 그는 제프 베조스에게 정확한 현실을 깨닫게 해주기를 원했다. 쉽게 말해 선택에 따른 대가와 희생이라 할 수 있다.

굳이 탓하려면 어리석은 자신의 눈을 원망해야 할 것이다.

✳

높아진 언성, 조용한 정적, 난감한 눈빛, 짜증나는 전화

벨 속에 그저 딱딱한 타이핑 소리만 사무실을 관통할 뿐이다.

어쩌면 제프 베조스로서는 당연했다. Su.Fc. Stone의 오너와 면담하기 위해 거의 1시간을 기다렸지만 선약이 있다는 이유로 면담이 거절되었으니 기분이 좋을 인간이 몇 명이나 되겠는가.

이윽고 그는 예의상 함께 대화를 나누던 마크 웰백과 대니얼 헤이먼에게 인상을 써야만 했다.

"이건 너무 하지 않소?"

"…조금만 더 기다려 보세요."

"언제까지 기다려야 합니까?"

"글쎄. 저희도 방법이 없습니다."

"휴우, 시간이 얼마나 지났는지 확인해 보세요."

"……."

"아마 지난 번 투자건 때문에 좀 삐진 것 같은데… 그래도 그렇지. 그래서 내가 직접 찾아 온 것 아닙니까? 다시 회장님께 전해주세요. 저번에 말한 우리 회사에 투자 건에 관해서 상의를 다시 하고 싶다고."

마크 웰백은 아직도 정신 못 차리는 이 양반을 보면서 단호하게 설명했다.

"저희 회사가 비록 규모는 작다 해도 투자를 집행하고 안 하고는 저희 마음입니다. 그리고 투자를 집행할 곳은

304 <pars#> 5

이미 다 한 상황이라 아마존까지는 어려울 것 같군요."

"그럼? 지난 번에 투자 제의는 뭡니까? 사람 놀리는 것도 아니고."

그러던 그 때였다. 여비서가 저 멀리서 총총 걸음으로 다가와 대화에 끼어들었다.

"회장님께서 들어오시라 하십니다."

"이제야 왔군. 그러지."

제프 베조스는 벌떡 일어나 마크 웰백은 쳐다도 보지 않고 회장실 문을 열고 들어갔다. 그 안에는 젊은 동양 남자가 앉아 있었는데 예상 외로 어린 나이에 제프는 약하게 눈썹을 찡그릴 수밖에 없었다. 하지만 부탁을 하러 온 입장을 생각하자 다시 영업적인 마인드로 미소를 드러냈다.

"반갑소. 아마존의 제프 베조스요."

"아? 일단 앉으시죠. 제가 좀 바빠서…."

"그러죠."

그는 뭐가 그리 바쁜지 제프가 들어와도 고개만 슬쩍 올리면서 한 손으로 소파에 앉으라는 모습만 보여주었다. 열정적인 환대는 바라지 않았지만 적어도 일어서서 악수 정도는 할 것이라는 기대가 순간 무너졌다.

그렇다고 고작 이 정도 문제를 가지고 화를 내기도 난감해서 잠시 이 동양 꼬마의 거드름만 지켜볼 따름이다.

"조금만 기다리세요. 요즘 일이 많아서."

"......."

기이한 정적이 흘렀다.

세련된 사무실에서 그는 그보다 높은 자리에 앉아 마치 상위자처럼 저절로 카리스마를 연출했다.

그렇게 4-5분이라는 시간이 더 흘러갔다. 결국 성미가 급한 제프 베조스가 거칠게 입을 뗐다.

"아직 멀었습니까? 나 역시 당신과 대화를 하기 위해서 먼 곳에서 온 사람이요."

"급한 일입니까?"

"다 알지 않습니까? 지난 번 투자 건에 대해서…."

"아? 투자?"

"그래요. 당신이 관심 있어 하던 아마존이요."

"미안합니다. 제프씨. 그 때는 그랬지만 지금은 그다지 관심이 없군요."

"휴우. 이거야 원."

"아무튼 좋습니다. 어디 한번 들어보죠. 그쪽의 제의를."

그 둘 사이에 감정적으로 균열이 발생하려는 그 순간에 현수는 마지못해서 서류철을 덮으며 일어서고 있었다. 하지만 자세히 살펴보면 그 타이밍을 정확히 포착해서 대화를 다시 평온하게 전개시키는 영리한 처세술을 가졌다.

현수는 무뚝뚝한 모습으로 맞은편에 앉더니 부드럽게

하얀 이를 드러냈다.

"자, 얼마에 어떤 조건으로 우리가 귀사를 도와드리기를 원합니까? 솔직하게 말씀해보세요. 회사가 많이 어렵습니까?"

제프는 순간 '도움'이라는 단어에 어이없어 하면서 천천히 입을 열었다.

"…회사가 그렇게 어려운 건 아닙니다. 단지 예전에 그쪽에서 제시한 투자 건에 대해서 흥미가 있어서."

"그래요?"

"귀사에서 저희 회사 지분을 10%인수 조건으로 천만 달러가 아직도 유효합니까?"

"어렵겠네요."

"아. 그래요?"

"그런데 왜 갑자기 태도를 바꾸었는지 궁금하군요. 그때는 그렇게 호기롭게 저희 제안을 걷어차신 분이?"

제프는 마른 침을 꿀꺽 삼켰다. 이럴 줄 알았으면 그 때 배짱을 부리지 않고 이들의 제안을 수용하는 것이 백번 나았다.

그는 자존심이 높은 인물이었다. 지금 와서 이게 대체 뭔 꼴인가.

"휴우, 이 업계에 있는 사람은 다 아는 이야기인데 속여서 뭐하겠소. 경쟁업체가 죽기 살기로 나와서 거기에 맞받아치느라 누적적자가 많아졌소. 지출이 수입보다 많으니 예전에 다른 기관에서 투자받은 현금도 오늘 내일 하는 상황이오.”

“좋습니다. 그럼 얼마를 원하십니까?”

“지분 10%매각에 천만 달러가 어렵다면 지분 8%에 5백만 달러는 어떤가요? 당장 5백만 달러만 들어와도 2~3년은 문제가 없는데?”

현수는 여전히 다리를 꼬고 있는 제프 베조스를 가만히 응시했다.

그는 여전히 당당했고 멋졌다.

훗날 경제계를 주름 잡는 초거물인 아마존의 창업자 제프 베조스와 스스럼없이 이야기를 한다는 자체가 여전히 쉽게 체감되지 않는 느낌일 뿐이다.

지금과 같은 기회는 아마 미래에는 다시는 오지 않을 것이다. 아마존 초창기의 지분이다. 미래를 알고 있는 그가 고작 5백만 달러만 투자하는 어리석은 비즈니스를 할 일은 없지 않는가?

“아마존의 지분 35%, 투자금은 2천만 달러. 이게 내 조건이오.”

“원하는 지분이 너무 많은 것 아닙니까?”

“그게 싫으면 관두셔도 됩니다.”

“거 참.”

"더 이상 협상은 없습니다. 만약 원하지 않으면 그냥 여기서 따뜻한 커피 한잔 마시고 악수를 하고 헤어지면 되는 일이죠."

"정말로 수정할 의향은 없나요?"

"전혀."

"……."

예상은 했지만 역시 예상대로였다. 투자금액의 크고 작음을 떠나서 원하는 지분이 너무 컸기에 그로서는 망설일 수밖에 없었다.

그렇다고 여기를 떠나 다른 곳을 간다 해도 이곳처럼 아마존의 가치를 높게 쳐주는 투자 회사는 없었다.

회사의 자금은 사막의 등껍질처럼 날이 갈수록 말라가는 형편이었다.

다음 달이 지나면 직원 월급까지 걱정해야 할 판이니 막다른 골목에 몰렸다 해도 크게 이상한 표현은 아니다.

재차 이 오만한 동양인 꼬마의 눈빛을 본다.

동양인 특유의 쭉 찢어진 눈매와 탁한 피부, 어리버리한 영어 발음까지 그다지 마음에 안 들었다. 허나 눈빛 저 편에는 침착하고 여유롭고, 그리고 단단함이 느껴졌다. 마치 겨울에 태어난 죽순처럼 절대 부러지지 않을 것 같은 예리한 기세다.

결국 제프는 간만에 고집을 꺾어야 했다.

"단 한 가지만 부탁하죠."

"말해보세요."

"향후 아마존에 경영 간섭을 하지 않겠다는 조항을 추가해준다면 투자를 받는 것에 동의하겠소."

"동의합니다. 아마존은 당신이 경영해야 성공하는 회사이니 그런 불필요한 걱정은 하지 마시길."

"고맙소."

"뭘요."

현수는 제프와 악수를 나누고 있었다. 초창기 이베이 지분을 얻었고 이제 초창기 아마존 지분을 얻었다.

이대로 10년이 흐르면 이 지분이 과연 그에게 얼마를 벌어줄지 여전히 상상이 가지 않을 뿐이다.

〈6권에서 계속〉

" 캐릭터가 사망하였습니다.
리스폰 하시겠습니까? "

리스폰

Respawn

NEO FUSION FANTASY STORY & ADVENTURE

베어문도넛 퓨전 판타지 장편소설

불치병에 걸린 **최시우**는
극심한 고통 끝에 죽을 운명이었다.
그 고통에서 벗어나고자
가상현실게임에 빠져 살던
시우는 죽음을 맞이하게 되는데…

낯선 세계에서 부활한
시우의 생존투쟁기!
그의 눈앞에
새로운 세계가 펼쳐진다!

출판 일정에 따라 출간일은 변경될 수 있습니다